過ぎ去りし素晴らしい日本

デコちゃんが生きた台湾
日本時代の希望と国民党時代の絶望

楊 素秋

桜の花出版

はじめに　―台湾をユートピアに変身させた日本―

デコ（私のあだ名）が生まれた1932年（昭和7年）は、日清戦争の勝利によって台湾が清から日本に永久譲渡された1895年から三十七年が過ぎていた。

かつて多種多様の疫病が蔓延《まんえん》する瘴癘《しょうれい》の地であり、野蛮かつ無知の民衆が多くあったと言われた台湾。

日本の三十七年間の統治は、日本という巨匠の打ち下ろす斧、鑿《のみ》によって、台湾の野蛮で非文明な荒皮を削り除き、先進国の門戸へと誘い招き入れてくれた。半世紀に満たない日本統治によって、台湾の島全体を覆っていた醜いベールが取り除かれ、他国に劣らない美しい地肌を浮き表した。

日本は基幹となる施設を建設し始める前に、先ず疫病駆除のために医学校を設立し、多くの台湾人に医学・衛生の知識を広めた。同時に、現地の発展になくてはならない、製糖会社、製塩会社、農事試験場、高雄から台北に続く縦貫道路、鉄橋、水道、銀行などを整備し、文明国と呼ばれるに値する町づくりを進めた。

デコが生まれる前の台湾の田舎は、井戸水や川の水を汲んで飲料水にしていた。やがて井戸にポンプを設置して、つるべを使用しなくても軽く柄を動かすだけで水が汲めるようになり、田舎の主婦たちの労力を軽減し、心から喜ばれた。

話によると、当時は九州や四国でも、まだ水道が引かれていないところが多くあったという。日本の本土がまだそのような時代に、台湾はすでに考えられない程の発展をしていたのだ。

一番有難かったことは、台湾がすっかり治安のいい土地となり、昼は家の戸を閉めなくても安心して外出する事ができるようになったことだ。夜もドアに鍵《かぎ》を掛けなくても物を盗られる心配がなくなった。

日本人を含むほとんどの住民は、難儀を重ねて歩んできた先代の苦労を知らずに、至極当たり前のように仲良くしていた。小競り合いや喧嘩をしながらも無事平穏な日を迎え、枕を高くして安らぎの夜を過ごすことができた。

のみならず、日本人は台湾人の頭にかぶっていた愚の殻を叩き割り、小学校から大学まで次々と建設し、新しい知識を注ぎ込んでくれたのだ。

目を閉じて想い出の扉を開いてみると、日本は天上の神が台湾に差し遣わされた救いの使者に見える。しかし、当時の人々は、別にそれが当然のことのように誰に感謝することもなく、日々を送っていたのだ。

そして、ごく一部の人は日本の統治に不平を並べながらも、日々進化し続ける社会の恩恵を受け、確かに昭和初期の台湾は他国に比べて太平境《たいへいきょう》そのものであり、天国と言っても過言ではなかった。

日本が統治する以前は、匪賊《ひぞく》が群れを成して出没し、目星をつけた家を襲い、家財宝物を洗いざらい浚《さら》っていった。交通の便が悪い時代に群れをつくって旅をする人を襲い、金銭や命を奪う追剥《おいはぎ》や強盗、土匪《どひ》が跋扈《ばっこ》していた。

だが、その時代を知る年寄りから、そういった当時の実話を聞いても、日本統治時代しか知らない人たちにとっては、おとぎ話か子供騙しに思えて、耳を貸さない人も多かった。

人間は往々にして「福の中にありて福知らず」と言われるが、当時の台湾人は、まさにその通りだったと思う。

もし台湾が日本に割譲されていなければ、台湾に生まれた私たちは、未だに「生涯の十字架」さながらの纏足《てんそく》のように、古い悪習から脱皮する事ができずにいただろう。

神様が与え給われた掛け替えのない貴い身体を、自分を生んでくれた母親の手で無理に曲げられて自由を失い、二度と再現できない一生が川の中の芥《あくた》同様に削り流され消えていったかと思うと、背筋に冷たいものを感じる。

瘴癘《しょうれい》の地であった台湾をかくも天国に近いユートピアに変身させた日本を「再生の母国」と称しても決して過言ではないだろう。

デコは、日々天を仰いで手を合わせる。

そして、心の奥底から神に感謝し、「遥か遠くに離れ去った母国日本よ、有難う」

と口ずさむ。このような思いは、もはや、昭和初期生まれの人間のノスタルジアなのだろうか…。

デコの記憶のシャトル（緯糸《よこいと》を通すのに使われる道具）は、頻繁に左右往復して想い出の絵図を織り上げようとするが、ベランダの植木で餌を乞う鳥の囀《さえず》りを耳にすると、絵図がくずれてシャトルのみが空虚の中を忙しく行き来する。

令和六年五月

楊 素秋

※本書には、今日では差別用語とされる言葉や現代ではあまり使われていない漢字・言葉遣いがありますが、著者が日本統治時代の教育を受けた方であり、日本統治時代と戦後間もない時代を回顧するという本書の性質から、著者の表現（意図）を尊重し、そのままにしてあります。

編集部

●目 次

第二章　開戦、疎開、そして終戦

第三章　混沌の中の青春

第四章　新しい出会いと始まり

第五章　国民党の罪業

第六章　逞しく生きる

台湾地図

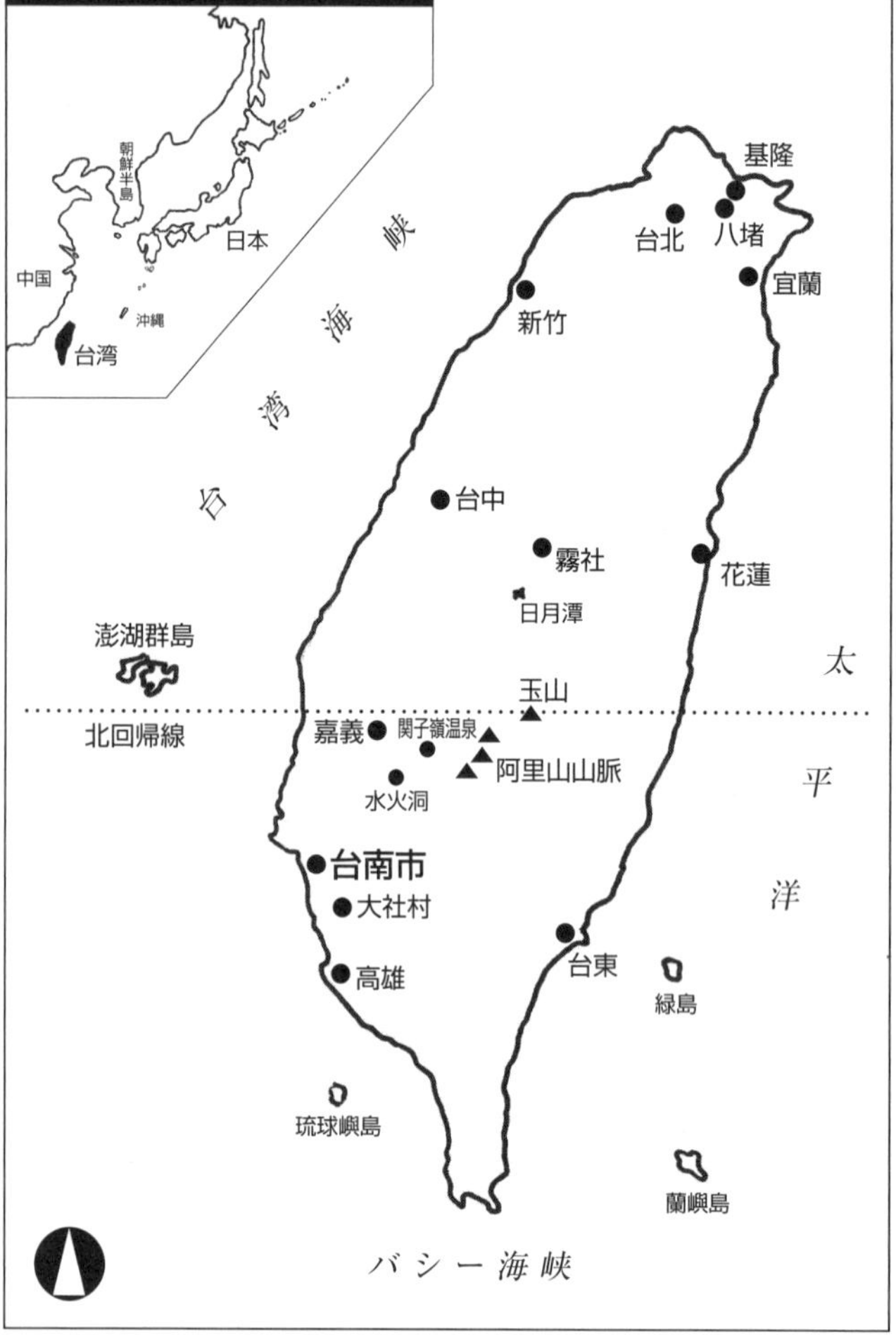

朝鮮半島
日本
中国
沖縄
台湾
台湾海峡
基隆
台北
八堵
宜蘭
新竹
台中
霧社
花蓮
日月潭
澎湖群島
玉山
北回帰線
嘉義
関子嶺温泉
阿里山山脈
水火洞
台南市
大社村
高雄
台東
緑島
琉球嶼島
蘭嶼島
太平洋
バシー海峡

第一章　希望に満ち溢れた日本時代

台湾を文明世界に導いた日本

台湾が日本に譲渡されてから五十年に満たない間に、日本政府は台湾に住む大多数の人間の頭にこびりついていた古き思想を一枚又一枚と剥ぎ棄て、取り除いた。日本政府は、台湾を文明世界に導くために必要不可欠である学問の扉を開くために、台湾総督府民政局学務部長心得に教育家の伊沢修二を任じた。伊沢は、1895年（明治28年）、台北近郊の芝山巌《しざんがん》に国語伝習所である「芝山巌学堂」を設立し、台湾人に日本語を教えた。そして、台湾人の目を新世界に向けさせるために、できる限りの努力をした。

芝山巌では、新しい知識の種を台湾に播き育てたいという熱き志を抱いて台湾に渡った六人の先生方が教鞭をとっていた。しかし、日本統治が始まって間もない当時は、日本統治に反対する抗日ゲリラの暴動が多く、治安が非常に悪かった。

1896年（明治29年）元日、六人の先生方は年賀回りの途中で、無知な抗日ゲリラの手によって無慚《むざん》にも殺害されてしまった。

台湾人は、ご恩のある六人の先生方を「六氏先生」と呼び、その一世一代の功労は、一世紀あまりを経た今でも語り継がれている。芝山巌はいつしか教育の聖地と言われるようになり、多くの人たちが訪れ、六氏先生を偲んで手を合わせる人が後を絶たない。

台湾人に惜しみなく知識を注ぎ込んだ日本

この悲劇にめげず、日本政府は台湾に小学校、中学校、高等学校を次々と開設した。１９２８年（昭和３年）には日本本土と同等の台北帝国大学を設立し、知恵の門戸をさらに大きく広げた。

日本政府は農、工、商の分野に知識の種を播き、台湾の青年たちを育んだのみならず、「台湾総督府鉄道」を発足し台湾の南北の移動を容易にした。さらに、日本台湾間の定期航路を開業、日本と台湾の距離を大きく縮めることができた。

さらに、瘴癘《しょうれい》の島の汚名を払い落とすのに「大日本台湾病院」を設立し、日本本土から医師、薬剤師、看護婦を派遣した。1897年（明治30年）には「医学講習所」を設立し、日本人医師不足を補うために医学及び普通学科を台湾の子弟に教え医師を育成した。これが台湾の公立医学校の始まりであり、翌年からこの病院は正式に「台湾総督府医学校」と呼ばれた。

台北淡水出身の杜聡明氏は、台湾総督府医学校を卒業した後、自費で日本に留学し、京都帝国大学で内科と薬物学を研鑽《けんさん》、1922年（大正11年）12月16日、台湾人で最初の医学博士の学位を取得した。台湾に戻った杜博士は、台湾医学専門学校教授、台北帝大医学部教授に就任し、アヘン、毒蛇、モルヒネなどの研究に積極的に取り組み、尿を利用し中毒を検査する斬新的な方法を発明、アヘン、モルヒネ患者の中毒を矯正した。また、蛇毒から鎮痛剤を作るのにも成功した。

農作物の改良に農事試験場を置き、パイナップルの缶詰工場やトマトケチャップ工場を建設し、日本本土に輸出し、農民の増収にも貢献した。特に広大な嘉南《かなん》平野に八田與一《はったよいち》氏が考案した万里の長城よりも長い灌漑《かんがい》用水路（嘉南大圳《たいしゅう》）を建設すると、畑や田んぼが容易に灌漑可能になり、嘉南平野は、日本の食料庫と呼ばれるようになった。

さらに、炭鉱や金鉱の開発も進め、日本統治の五十年で台湾は一躍、先進国のすぐ後について行ける程に変貌したのだ。

瘴癘の地が美しきフォルモサに

昭和13年には台湾医学専門学校は台北帝国大学に属し、医学部の附属病院になった。戦後台北帝国大学医学部は「国立台湾大学医学院」と改称され、附属病院は「国立台湾大学医学院附設医院」となったが、現在は「台大病院」と称している。この台北帝国大学医学部は、多くの名医を生み出し、社会に多大な貢献をし続けてきた。

万病が流行り満ちる瘴癘の地、醜い原石のような台湾を、日本は丹精を込めて磨き上げてくれた。

かつてヨーロッパから初めて台湾に到達したポルトガル人が台湾を見て「フォルモサ（麗《うるわ》しの島）」と感嘆の声を上げたと言うが、日本統治によって、台湾は本当の意味で「麗しの島」となり、原住民、平埔《へいほ》人、客家《はっか》人、新住民など六〇〇万人が住む平穏かつ安泰なオアシスに変身した。

故郷「台南」の食文化と風物詩

当時の台湾は、天下泰平の日々であった。鳳凰木《ほうおうぼく》の花が咲き誇る台南は、文明文化の開けた美しい街であった。

北白川宮を台湾の守り神と祀る台南神社には、内苑と外苑があり、両苑に挟まれた通りを超え外苑に出ると、庭続きに孔子廟《びょう》（１６６６年落成）が静寂を保って座している。そこから北に向かって行くと、通りの最端にゴシック風の建物、台南州庁が目に入る。この威風堂々たる台南州庁の向かいには、台湾の古き歴史を伝え語る歴史館

昭和 12（1937）年８月、もう少しで５歳になる著者（最前列、中央付近）。著者の斜め後ろ（２列目右から３番目）にしゃがんでいるのが、著者の兄・楊應吟氏（小学四年生）。

台南孔子廟前の鳳凰木。

があった。

デコが生まれ育った台南市は、食料品に恵まれた都市であった。採りたての果物や野菜を荷車に積んで、大きな声で、日台双方の言葉で「買菜《ベーツァイ》おー！　奥さん、胡瓜《きゅうり》、大根、いらんか？」などと得意先に売り歩く風景は、今では見ることができない。

この客の目を引く大きな掛け声を耳にすると、四つの城門に囲まれて生活している城内の人たちは、可笑《おか》しさを堪えることができず、目と目を合わせて笑い出す。なぜなら田舎の人は舌が重いのか日本語で発音する「大根」の「だ」がうまく言えず「ラ」と発音するため「オクサン、給你來棍《ゲイニィライグン》」（奥さんを引っ張って叩く）と聞こえるのだ。

その頃の台南市には、地区ごとにモダンな市場が設けられていたが、市民の多くは、田舎からリヤカーや籠《かご》に魚や野菜を入れて家の前まで来る物売りから買うことが多かった。

なぜなら、第一に新鮮なこと。そして、気心が知れてくると、安くしてくれる上に売れ残りを食べてくれと置いていくこと。ほとんどの野菜売りは、自家農が多く、売れ残りは家に持ち帰っても萎《しな》びて食べられないから、懇意《こんい》になった人にあげてしまうのだ。そして、お礼にお茶をご馳走になって帰っていく。

果物、野菜、新鮮な海産などの物売りには、各々にお得意様がいた。この物売りの魚類は新鮮で市場と同じ値段、或いはより安いので市場には行く必要がないのだ。

多くの人の頭の中には、昼過ぎの市場の海産類は余り新鮮ではないという意識があった。西洋はいざ知らず、当時の日本、台湾にはまだ電気冷蔵庫というものがなかった。あったのは、上下二段の木箱の上の段に氷の塊《かたまり》を入れ、下の段に飲料や肉魚類を入れるというもので、短時間しか使えないものだった。

真夏の台南は、ちょうど北回帰線が台南市の北の嘉義《かぎ》県の真上を通るため、気温が高い。そのため生ものは長時間もたないので、お肉やマグロ、カジキなどの切り身で買うものは、どうしても最寄りの市場で買うことになった。なぜなら市場では高級な魚類を大きな氷を入れた大冷蔵庫で保存していたからで、少しは安心だったからだ。

日本統治前と統治後の台湾には、天壌《てんじょう》の違いがあった。杏仁豆腐、杏仁茶に油揚げ、甘いハト麦のおかゆ、油飯などのおやつ類の売り物は、決まった時間に決まった道筋を巡回して売りに来る。

もっと美味しいものが食べたかったら、銀座通りを真っすぐ歩いて突き当たった運河の近くにある盛り場に行く。そこは四方八方見渡す限り美味しいものばかりで、鱔魚麺、鍋辺焼、筒入り米粿など、数えきれない食べ物があり、びっしりと連なった屋台の間を回って、深夜まで好きなものをお腹に詰め込むことができた。デコの故郷台南市は、食べ物が豊かな町であり、多くの食道楽が生まれた。

幸せの内にありて幸せ知らず

デコがまだ小さかったある日のこと。弘明《こうめい》電気商会という電気店を営んでいた父が、モーターの取引先の魚の養殖場にデコを連れて行ってくれた。父が「魚を取っているところを見たいか?」と聞いたので「わー、見たい!」と言うと、養殖場のオーナーの林さんが作業中の従業員に「網を持ってきて、魚を取っているところをお見せしなさい」と指示した。

すると二人の作業員は、急ぎ網を持ってきて広げ、網の左右の端を持ち、ぽちゃんと魚塩《ぎょえん》の中に飛び込んだ。二人が魚塩の真ん中あたりまで歩いてから左右に分かれて網を曳《ひ》き起こし、デコの方に向かってゆっくり戻ってくると、網の中心に集まっていた魚が飛び跳ねた。

二人は陸地に飛び上がると力いっぱい網を引っ張り上げた。魚は勢いよく跳ね上がり網から飛び出すのもあった。銀色の鱗《うろこ》が太陽の光を浴びてキラキラと飛び跳ね踊る光景を間近に見て、デコは「わあっ！」と奇声を上げた。この見た事のない光景にデコは大満足であった。二人の作業員は捕れた魚を大きな麻袋に全部入れてしまった。

父が用件を済ませて帰ろうとした時、オーナーが麻袋に入れた捕れたての魚を「これはお土産にどうぞ」と父に渡そうとした。父親が驚いて「こんなに沢山は持てない」と言うのを、オーナーはさっさと車に乗せて駅まで送ってくれた。

このように父が売ったモーターのお得意先に行く時や出張の時には、必ずデコを連れて行ってくれた。

北は父の母校の台北工業学校の同窓会から南は台湾南部のミルクフィッシュの養

殖場、最南端の屏東に住むクラスメートの娘の結婚式にまで、何らかの機会に必ずデコを連れて行くので、行く先々で皆から「親子鳥」と言われていた。

モーターを使用する養殖場が季節ごとに獲れる海の幸を麻袋で届けてくるので、デコの家は魚や海産類を欠かしたことがなかった。カニ、伊勢エビ、ミルクフィッシュなどを麻袋に入れて持ってくると、作業員やお手伝いさんが総出で、大きな盥《たらい》やバケツで魚の鱗《うろこ》を取るのだが、大きな盥《たらい》の水が瞬く間に真っ赤になるのを見て、デコの妹の賢はすっかり魚嫌いになってしまった。

母は大きな釜で魚のスープをこしらえ、従業員や手伝いに来た人たちにふるまう。そして、隣近所の人たちにもおすそ分けをするので、あちこちの人が喜んでわざわざお礼に来たものだった。

幸せ過ぎる渦《うず》に浸かっていたデコには、それが当たり前の日常であり、当時は、それがどんなに幸せであったかに気づくことができなかった。昔の人が残した「人の言う、幸せの内にありて幸せ知らず」とは、まさにこのことであり、当の本人は往々にしてその幸せが去ってから初めて気づくのだ。

そして、「嗚呼《ああ》！　あの時は幸せだった」と自分に言い聞かせ、過去の思い出に浸り嘆くのだ。

日本時代の台湾は豊かで秩序あるユートピア

潤叔父ちゃんの果樹園で採れたフルーツや野菜類、菱《ひし》の実や落花生などの季節ごとの果物、野菜、お米などを牛車で田舎から運んで来ると、母は隣近所の人たちに分けてしまう。

母はよく言っていた。「食べ物は一人で食べるのではない。新鮮なうちに大勢で分け合って食べるのが一番おいしい」と。

この瞼《まぶた》に焼き付いた光景は、今でも消えることなく、過去を振り返る度に浮かんでくる。

そして、「過ぎ去りし日本統治時代の台湾の社会は、実に豊かで秩序ある平和なユートピアだったなー」としみじみ思い、昭和初期の台湾人として生まれた幸せを神に感謝する。

一つの国を箱舟に喩《たと》えてみれば、国を統治している中心人物が「理と智」、そして「仁愛と正義」という正道に向かって舟を進めて行けば、箱舟に乗っている人民は安心して明日という未来に希望を持つことができる。

そして、国を愛する気持ちが自然と湧いてくる。

振り返り見れば、日本統治下にあった当時の台湾の社会は、教育勅語《ちょくご》に記されている「兄弟に友に、夫婦相和し、朋友相信じ」のごとく、互いに信じあい、助け合える社会を醸《かも》し出し、博愛衆に及ぼす豊かな郷土愛は、明日に希望を持ち夢を抱くことができた。

あの頃の台湾は、平和で尚且《なおか》つ豊かな希望溢れるエデンの園に匹敵する島であったとつくづく思う。

文盲で纏足をしていた母の姉たち

デコの母には三人の姉がいた。一番上の姉はデコの爺ちゃんの若くして難産で亡くなった先妻の娘である。

爺ちゃんには、とても仲のいい友人があり、爺ちゃんの先妻とその友人の妻が同時に懐妊したと分かった時、爺ちゃんとその友人が「二人の子が男の子であれば義兄弟、女の子であれば義姉妹、若し男の子と女の子であれば夫婦ということにしよう」と約束をした。このように義兄弟の親同士がお腹の子供の縁談を決めるのは、当時の台湾の風習で少しも珍しいことではなかった。昔の人はこれを「指腹為婚」と言った。人と人が兄弟のように付き合えるのは、神の与えた前世の縁だと考え、そのご縁を次世代にまで繋ぎたいと思ったのかもしれない。

こういった風習は良いか悪いかは判断し難いが、万が一そのうちの一人が身障者であったらどうするのかと、この次世代の一生の幸せを賭けた風習に恐ろしさを感じ、

「そんな時代に生まれなくて良かった」とつくづく思った。

結局、生まれてきたのは友人の方が男の子で、爺ちゃんの方は女の子だったので、約束通り爺ちゃんの娘は友人の息子の嫁になった。

爺ちゃんの長女は、デコの母にとっては異母姉妹となることから、デコは「大姨」と呼んでいた。爺ちゃんの次女でありおばあちゃんの長女の二姨・敏は台南市の代書業のY家に嫁ぎ、爺ちゃんの三番目の娘の烏甜は当時の台北の師範学校でデコの四番目の叔父とクラスメートだった保険会社に勤めているH氏と結婚した。

デコの母（本名は慧、字《あざな》は新）は台北工専を首席で卒業して台湾電力会社に勤めていた父と結婚した。

デコの爺ちゃんの先妻の娘を合わせ、上の姉は三人とも文盲《もんもう》で纏足《てんそく》をしていた。しかし、末娘のデコの母だけが爺ちゃんの絶対の反対におばあちゃんが負けて、纏足はしなかった。

爺ちゃんは、子供や孫の教学のために私塾を設け、漢学の先生を招いて勉強をさせていたが、全員男の子の中にたった一人纏足をしていない女の子が加わっていた。デコの母は、「七つにして男の子と同席してはならぬ」のタブーを破って、塾で勉強していた。

私塾の先生は論語、四書、五経などの古代文学を文言文で読むので、母は聞いてもチンプンカンプンで真似ができず、意味も分からなかったという。

爺ちゃんは聡明な末の娘に漢方医を受け継がせるつもりで薬草の効能を教えたが、遺憾なことに末娘が17歳の年に爺ちゃんが他界したため、爺ちゃんの望んでいた女漢方医の実現は叶わなかった。

母と伯母たちとの競馬場の一日

母と母のすぐ上の姉二人は仲が良く、何かの行事があれば、よく三人で集まって楽しんでいた。当時、台南に競馬場ができた時、母が二人の姉を競馬に行こうと誘い、各自の娘たちも連れて行くことになった。

上の伯母を先頭に三台の人力車が競馬場に向かう。人力車が東門城を一歩出ると、そこはもう田舎で、広いトマト畑に続くトマト畑が目に入ってくる。人力車は走り続ける。トマト畑が見えなくなったと思ったら、風景は一変してパイナップル畑に変わり、収穫を待つパインがずらりと並び立っている。デコの知っている南台湾の田舎の風景とは異なり、珍しい風景であった。

やがて競馬場に着くと、目に映ったのは広い競馬場を囲んだ大勢の観客であった。母は入り口で切符を買い、二人の伯母に一枚ずつ渡し、さらに各自に別のカードを一枚ずつ渡しながら言った。

「失くさないようにして。ひょっとしたら当たるかもしれないから」

「何が当たるの？」

「賞金だよ」

「ふ～ん？」

二人の伯母は怪訝《けげん》な顔で聞いていたが、それでも大切そうにカードをポケットに入れた。そのうち、急に観衆からわっ！という歓声が上がり、いよいよ競技が始まった。

開始の合図に一列に並んだ馬と騎手は一斉にスタートを切って飛び出した。

よく見ると騎手の背にも馬にも番号が書いてある。騎手は両手に手綱を取り、馬の背に腰を浮かせて馬を走らせる。横一列に駆け出した馬が、間もなく縦一列になって前後の差がどんどん開いていく。観衆は大きな声でワーワー何を言っているか分からないが、手を叩いたり叫んだりしていた。訳が分からなかったデコは、観衆の大きく変化する顔の表情を見ている方が面白かった。

そして競技が終りを告げると、嬉しそうに手を叩いて喜ぶ人があるが、ほとんどの人は手に持っていたカードを千切り捨ててしまっていた。白い紙きれが風に吹かれて辺りいっぱいに散り飛んだ。デコは母に聞いた。

「ママ、当たった?」

「ぜんぜんダメ」

「伯母ちゃんのは?」

伯母たちもダメだと言う。

「どうしてダメって分かるの?」。

デコは不思議に思ったが、何でも、勝った馬の番号と一致したカードに賞金をくれるのだという。デコの母はニコニコしていたが、伯母たちは同時に口を開いた。

「新、一体これのどこが面白いの？」

それを聞いた母は「ハハハハ…。競馬ってどんなものか見たかっただけ」。


母の姉たちは文盲であったが、男の子に交じって勉強をした母は、自分の文庫を持っており、四書、五経、論語など漢学の本の他に多くの小説や伝記があった。どれもこれもデコには難しすぎる本ばかりだった。

たまに暇な時には、両親のどちらかが先に漢詩の一節を暗唱して「次は」と言うと、その後をもう一人がすぐに続けて暗唱した。台湾語の文語文で唱えるものだからデコは聞いてもチンプンカンプンだった。母のすぐ上の二人の姉がデコに「お前の母親だけがみんなと一緒にお勉強できたことが、とても羨ましかった」とこぼすことがあった。

昔の人間と現代の若者の違い

昔の年長者は、「鳳凰木《ほうおうぼく》は他の樹木みたいに根を張らないから、強風が来たら倒れやすいので、台風の時は近寄らないように」と子供たちに教えていた。

冷房装置のない昔の南台湾の夏の暑さは確かに暑いが、度々訪れるスコールは瞬時に大地の熱気を拭《ぬぐ》い去ってくれる。真夏の炎天下に前触れなしに襲ってくる夕立は、冷房装置のなかった時代の台湾南部の人たちにとっては天来の恩恵であったように思える。

昔の人間は、自然現象の変化に神の存在を感じ、天上の神に感謝していたが、現代の若者はどうだろうか。夏はクーラー、冬は暖房の中でないと仕事ができないと言う。幸せ過ぎる程の幸せな時代に生まれてきたことを有難く思い、天地宇宙の神に感謝し、両親、並びに国や政府に感謝の念を抱いたことがあるだろうか？

昔から人間は「幸せの中にありて幸せ知らず」というように、お腹いっぱいに不満足を詰めた不満童子が多いようだが、こういう人たちは、大体、他人の一挙一動に不満を感じ批判の言葉を投げるが、さて自分のやることなすことが、自分が批判している人より完璧であるかというと、そうでない人も多い。

一本の指で人を指して「お前は馬鹿だ」と批判する人は、三本の指で指され馬鹿だと言われるという諺《ことわざ》がある。他人を批判しても自分を批判する目を持たない人は、この諺を知ったらどう思うだろうか。万一、自分がしくじった時、自分の傍には誰もいない寂寞《せきばく》を感じることになるのではなかろうか。

過ぎ去った過去と現代を比べてみると、文明文化の洗礼を受けていない未開発、又は開発途上の昔の人の方が超モダンな先端を行く新時代の人々より、我慢と忍耐があり、置かれた環境に満足と感謝の心を持つ人間がずっと多かったように思える。

人間に満足という心がなければ、黄金の山に囲まれ、白銀の豪邸に住み、光輝くダイヤを散りばめたドレスをまとっても微塵《みじん》の幸せも感じることができない。もっと多くの幸せは何処と、探し求めることに頭を使い時間を費やして、既に手中にしている幸せをエンジョイする間もない人間は、気の毒としか言いようがない。

人間の欲望は無尽蔵であるが、望んだ大きな財産を急に手にしたから幸せになれるかというと、そうとは限らないのだ。

このように、欲望に燃え悩み、遂には故人の言う、「山の彼方《あなた》の空遠く幸いありと人の言う。嘆き我、人と尋ねいけば、……　山の彼方のなお遠く幸いありと人の言う」のような、満たされない失望感に包まれた結果を生み出し、悩みに悩みを重ね続けるであろう。

日本の先生の献身的な教え導く精神

デコが小学生の時の裁縫《さいほう》と割烹《かっぽう》とお作法の先生は、九州からいらした森律子先生であった。

初めての授業はお作法だった。行儀よく座り、三つ指をついてお辞儀をすることから始まるのだが、普段は椅子に座る生活に慣れている生徒たちにとって、畳の上に長く正座をすることは苦手であった。我慢して座り続けると足が痺れて立ち上がれない人もいた。上級生の間では、あまり正座をし過ぎると大根足になると囁《ささや》く声を耳にすることもあった。

続く裁縫の時間は最初に針の持ち方から始まり、針が持てるようになったら次は一枚の手ぬぐいのような布で運針の練習をする。うまく針を持ち、真っ直ぐに縫えるようになるまで練習しなければならない。

デコは真っすぐに縫えるようにと、ハンカチ大の布の周辺を三つ折りにしてアイロンをかけ、折った上から真っすぐに運針できるように鉛筆と三角定規を使って直線を描き、線に沿って針を進めると針目が揃ったハンカチができ上がった。

ハンカチが縫えるようになると、続いて前掛けを作る。森先生が黒板に前掛けのデザインを描き、自分の好きなデザインを選んで型紙を作り、型紙を布の上に置いて裁断し、縫い上げる。生徒たちが縫い上がった作品を机に並べると、先生が点数をつけてくれる。

割烹の時間には、自分で縫った前掛けをつけて、おにぎりを握り、おみおつけを作る。その楽しさといったらなかった。各自が初めて自分の手でこしらえたおにぎりとおみおつけを教員室に持って行き、先生方に試食していただく。先生方が「美味しい、美味しい」と褒《ほ》めてくれると、嬉しさが胸いっぱいに広がった。

森先生は、学童たちに立ち居振る舞いから言葉遣いまで、寸分の間違いも許さないほど厳しく教えてくれたが、厳しさだけではなく、優しさを兼ね備えた先生だった。

今から考えてみると、日本時代の先生方は戦後の教育者とは異なり、ただただ次世代の学童たち一人一人が、立派な国民となり優秀な社会人になれるよう願い、持っている知識を注ぎ込もうと努力していた。

この献身的な教え導く精神は、尊敬に値するものである。全身全霊で学童に善の道を教え導くその姿を見て、学童は叱られて涙を流しながらも、恩師の後に従っていったのである。学童の純真な心の中に刻まれた恩師の姿は神様であり、生涯忘れられない偶像でもあった。

忘れ難き自然の中での学習

理科の受け持ちは、小谷霊明先生だった。小谷先生は、一クラス五十人余りの学童に用意してきた掛図を黒板の上に掛けて詳しく説明した後、あまり郊外の大自然に触れることのない町の子に、教科書を見せるよりも実物を見せた方が納得できるだろうと考え、よく学童を郊外に連れて行ってくれた。

原っぱや林の中で飛び回る昆虫を網で捕まえたり、野の雑草の中から生活に役立つ植物を採集して標本を作ったりした。実物を目にしてその名前を覚えていくことは、喩《たと》えようがない楽しさだったが、動くものと言えば蟻以外は触ったことがないデコにとっては、植物採集の方が嬉しかった。

また、小谷先生は、野山を歩きながら、食べられる山菜のことや、オオバコが薬になること、植物の麻の繊維を織った麻袋に米や砂糖を入れること、亜麻の繊維は織物の原料であり、その種からは亜麻仁油が採れることなどを教えてくれた。

また、校庭に植えられている喬木《きょうぼく》のチークは、南洋が原産地であり、非常に硬く建

台南師範学校附属国民学校４ 年生の時。前から４ 列目、右端が著者。前列中央が伊藤主事（校長）先生、その左側が小谷霊明先生、右側が森律子先生。
後列に並ぶ７名の男性は、生徒から「教生の先生」と呼ばれていた師範学校卒業前の教育実習生。

築や家具に使用されるということも、デコたち三年生の学童に分かりやすく説明してくださった。

学校のそばの小さな月見道橋の下を流れる小川で、シジミを掬《すく》うこともあった。全員がバケツを下げて掬うのだが、あちこちに響く「獲れた！」の声や、足を滑らせて川の中に座り込む子供たちの笑い声の中に楽しい学習の時間を過ごした。

このようなことを今まで経験したことがなかった学童たちは、自然の中で学ぶ楽しさに学習意欲が高まり、生涯忘れることのない良き思い出となったのである。

日本の統治前は治安が悪かった

三年生の二学期を迎えたデコは、学習の範囲がさらに広くなった。学校の「青葉」という綴《つづ》り方教室に入って、作文を書いたりしていた。月に一度、選ばれた作文を集めた「青葉」という冊子に載せてもらうことがあった。

デコの父が経営する電気商事会社はモーターの台湾一手販売と、別に南台湾一手販売、他にモーターの修理修繕を受けていた小さな町工場を持っていた。お店は電気用品の販売を兼ねていて、小さいものは豆電球から家庭で使われている電球、夜中に走る自転車に欠かせないライトの電池からアイロンなどの家庭電気用品などがびっしり並び置かれていた。お店に誰もいないと来客は「御免ください。誰かいませんか？」と何度も声をかけ、お店に立ったまま、店の人の姿が見えるまで待っているのが普通だった。

当時の台南は、お店に店番を置かなくても品物がなくなる心配がない平穏平和な町だった。振り返ってみると、当たり前だと思っていたその習慣は、決して当たり前ではなく、当時の社会秩序の良さは、日本という国の政府が施した素晴らしい教育の表れではなかったかと思う。

大人たちが昔話によく語り合ったのは、台湾がまだ日本に永久譲渡されていなかった１８９５年以前は、いかに治安が悪かったかということだった。コソ泥どころか、ひったくり、追剥《おいはぎ》、スリ、空き巣狙いは日常茶飯事であったと聞いた。群れを成して裕福な人の家に押し入り略奪をする強盗や、匪賊が出没して村人を傷つけた時代のことを大人たちが色々聞かせてくれたが、デコたち子供は聞いてもピンとこなかった。

なぜなら、日本時代はそんな悪事を見聞きすることがなかったからだ。多くの人間は自分で見たもの、肌で体験した事しか信じないが、そのような悪事は、絶対起ることはないと信じている人も少なくなかった。

第二章　開戦、疎開、そして終戦

大東亜戦争が始まり変わりゆく日常

裕福だった戦前の黄金時代は、戦争の二文字にあっけなく揉み消された。それまでは、こぼれ落ちてもあまり気にしない程にあった食料が、日本人優先の配給制度になった。そういったある程度の不公平を見せたが、台湾人は全然気にしていなかった。なぜなら、台湾人は親戚、縁者から食料をもらうことができたが、日本人には友人以外の親戚縁者がいないことを知っていたからだ。

大東亜戦争（第二次世界大戦の日本側名称）の開始と共に「隣組《となりぐみ》」という組織ができ、防空訓練が始まった。成人男性は召集されて、軍人、軍夫になった。

出征兵士が、心の中で泣きながらも表にはその悲しみを微塵《みじん》も見せず、「わが大君《おおきみ》に召されたる。生命《いのち》光栄《はえ》ある朝ぼらけ」という歌声に見送られて行進していく光景は、八十年を過ぎた今でもデコの瞼《まぶた》の裏に残って消えない。

銃後の女性たちは「トン、トン、トンからりと隣組、格子を開ければ顔なじみ、廻してちょうだい回覧板、知らせられたり、知らせたり」という歌にもあるように「隣組」という組織で、防空訓練、バケツリレーの消火訓練、そして包帯の代わりに三角巾を使った傷の手当ての訓練をした。

デコたち学童は、登校する時の制服が、スカートからモンペ姿になった。冬は良かったが、夏場の台南でのモンペは暑いの一言ではとても形容できない程だった。その上、本を入れたリュックサックの他に救急袋を斜に掛け、歩行中に爆撃されて帰宅できなかった時に飢えを凌ぐための堅パンと水筒、防空頭巾を左右の肩に提げた。万が一転んだら、重くて一人では起き上がれなかったと思うが、あの時代に生まれた児童は、ごく自然に忍耐と我慢を覚えさせられていた。

また、週に一日、お弁当は白いご飯に梅干し一つの「日の丸弁当」と決められた。

それだけではない。団体訓練という科目の中に「健脚部隊」と称するものがあった。いざという時に、歩けない落後者が出ないように、毎週土曜日、市外の近郊から隣村をぐるりと廻って学校の運動場に戻って来るというものだった。

それでも我々小学生は愚痴一つこぼさなかった。心の中で「日本よ、必ず勝ってください」と祈りを込めて登校するのだった。

疎開先に届いた教材のプリント

昭和18年の夏頃から、台南でも空襲が激しくなり、デコの家族は大社《たいしゃ》村の母の実家に疎開《そかい》することになった。

疎開して間もなく、五年生の第二学期の始業式が行われた。それまで通っていた台南師範学校附属国民小学校の始業式とは全く異なる雰囲気にデコは違和感を覚えた。学童たちが交わす言葉は、日本語には違いないがイントネーションが違うように聞こえる。帰宅して父にこのことを告げたところ、父は気にしないようにと言った。田舎の学校の勉強の進度は、全ての学科が都市の学校より遅れていた。デコはこれをチャンスに、疎開先に持ってきた雑誌、小説、三国志を読みまくった。

ある日、デコ宛に郵便が届いた。一体誰からだろうと毛筆で書かれた送り主を見ると、台南の学校でデコの担任であった小谷霊明先生だった。あまりの嬉しさに胸がきゅっとなった。

大急ぎで包みを開けると、先生ご自身が謄写版《とうしゃばん》で刷った五年生二学期の歴史、地理、国語、修身の教科書の写しが入っていた。今のようにコピー機の無い昔は、手書きで謄写版に書いた原稿をざら紙の上に置き、墨汁を付けたローラーを転がして刷り込んだのである。一枚一枚刷り込むのにどの位の時間を費やしただろうか。今の人間の「時は金なり」の考えではとてもできないことだろう。

私のために時間を惜しまず、こんなに沢山のプリントを郵送してくれた先生に、有難うと念じながら、デコはプリントを抱いて座り込んだ。そして、先生のいらっしゃる北の方に向かって手を合わせた。

昔の小学校の教員のサラリーは決して多くはなかった。今の小学校の先生で遠くに転校して行った学生のために、学業の助けになると考えて自腹でコピーした資料を送ってくれる先生がおられるだろうか？

「小谷先生、どうも有難う！」

デコは込み上げてくる涙を抑えることができなかった。西遊記も三国志もそっちのけで、小谷先生が送ってくれた大切なプリントを一枚一枚念入りに読んだ。

その頃から、毎日のように空襲警報が鳴り、ついに学校が兵舎に取って代わられ、軍隊が駐屯するようになった。

学童は家で自習するようにと言われ、登校できなくなってしまった。毎日が夏休みだと喜んで遊びまわる子もいれば、畑仕事の手伝いをする子もいた。

幸いなことにデコは、小谷先生が継続して送ってくださったプリントで自習することができた。理解できないところは、父が説明してくれた。デコにとって父は、知らないものはないオールマイティのエンサイクロペディア（百科事典）であった。

複雑な都会の生活は、人間が多くて忙しいためか触れ合いの場が限られているので、よほど交友範囲が広いか常に外を歩きまわらなければ、何かが起こってもすぐに伝わってこない。今のようにテレビのない昔は、新聞を読むか、ラジオのニュースを聞いて知るぐらいで、自分の耳に入った時には既に過去の事であったということが多かった。

ところが、田舎の生活は実にのんびりしているように見えるが、ちょっとしたことでも、すぐに村中の人に知れ渡る。何かあると多くの人たちが集まって来るのは、好奇心が強いのか、それとも娯楽が無くて暇を持て余しているせいかもしれなかった。

巨大鮫の腹から出た兵隊さんの脚

疎開先のおばあちゃんの家の近くに、村の集会所や臨時の市場にもなる屋根のある広場があった。その左前に大人三人が手をつないでも届かない程の太さの樹齢１００年ものガジュマルがあり、村に何か事件があると大勢の村人がその大きなガジュマルの下の広場に集まって来る。

ある日、デコの従兄の栄兄が大きな声で「おーい、デコ。人間の背丈より大きな鮫がトラックから下ろされたぞ。早く来い」と呼んだ。

大きな魚と言えば塩鮭しか見たことがなかったデコは、慌てて下駄を履くと、栄兄と一緒に広場に駆けて行った。

大勢の大人と子供が、巨大な鮫の周りを囲んで、驚きの声を上げている。

「鮫は種類が多いが、これは何鮫だろう?」

「さー、知らないなー」

「運んで来た人に聞いてみたら?」

「そうだな」

群衆の中の一人が、鮫を運んで来た漁師に聞いた。漁師は誇らしげに「これは豆腐鮫(ジンベエザメの台湾での呼び名)だよ」と答えた。漁師は、これだけの人間が、鮫を全部買ってくれたら、暫《しばら》くの間、漁に出なくてもいいと思ったのか、嬉しそうだった。

栄兄と手を繋いで、びっしりと並ぶ人垣の間を縫って前の方に進んで行ったデコは、その鮫を見てびっくりした。長さ二メートル以上もありそうな巨大な鮫が、そのまま地べたに置かれていた。よく見ると周りの人々は鍋《なべ》や籠《かご》を持っている。解体した鮫の肉を買うのだろう。

やがて、漁師がこの巨大な鮫の解体に取り掛かった。

まず、鋭い包丁を使って腹を切り割き、手を入れて腸を取り出した。ところが、漁師は取り出したものを慌てて地べたに投げ出すと、真っ青な顔をして突っ立ったまま動けなくなった。

周りを囲んでいた人たちも「きゃっ！」「うわっ！」「怖い！」などと悲鳴を上げて後ろに飛び退いた。

なんと、魚の腹から出てきたのは内臓ではなく、ゲートルが巻かれ靴を履いた兵隊さんの片脚だった。デコたちの一メートル位前に転がっている兵隊さんの片脚を見て、栄兄もすっかり驚いて、デコの手を取って一目散に家に駆け込んだ。

それからというもの、デコは鮫と聞くと、反射的にその恐ろしい場面が目に浮かび、身の毛がよだつようになった。あれは、忘れようにも決して忘れられない光景であった。

後日、フィリピンに向かう三隻の軍艦が、高雄港の近くで魚雷に沈められたと聞いた。その軍艦に乗っていた兵隊さんの片脚ではないかと思うと、デコは「戦争」という二文字が恐ろしくなってきた。

日本兵に食事を振る舞う母

疎開先の田舎にも、ほとんど毎日のように空襲警報が鳴るようになった頃、日本に留学していた従兄弟たちが次々と帰って来た。千葉大学に留学していた従兄の祥兄も日本から帰って来た。

祥兄が、結婚して高雄に行った姉に挨拶に行った帰り道、数人の兵隊から「すまんが、どこか食事できる処がありますか?」と聞かれたという。

祥兄は、兵隊がこんな夜中に食事をしたいと言うのを怪訝に思って「どうしてこんな時間に、こんな所で」と尋ねた。

「自分たちはフィリピンに向かう軍艦に乗っていたが、魚雷に当たって沈没しました。海に投げ出されたので必死に陸に向かって泳ぎました。しかし、陸に上がってきたものの東西南北も分からずにここまで歩いて来ました」と兵隊たちの一人が言った。

祥兄は、命を賭して国を守る兵隊さんが、お腹を空かしていると言うのを聞き捨てにはできなかった。これは銃後の人間の責任とばかりに「ここにはないけれど、僕についで来なさい」と言って、兵隊さんたちを高雄から大社村のおばあちゃんの家に連れて来た。

真夜中にトントンと戸を叩く音にデコの母が「この時間に誰かな?」と戸を開けると、そこには、祥兄と疲れ切った顔の兵隊さんが五、六人並んで立っていた。祥兄が「おばちゃん、兵隊さんたちがお腹空かしているの。ご飯食べさせてあげてください」と言うのを聞いた母は「早く中に入りなさい」と言って、大急ぎで大釜で米を研ぎ、四六時中火を絶やすことのない練炭のコンロの口を開けてご飯を炊き、ありったけのおかずを温めて食卓に並べた。何日もご飯を食べていなかった兵隊さんたちは、地獄に仏と言わんばかりに勢いよくお代わりを続ける。

兵隊さんたちは、ご飯を飲み込むような早さでお腹に詰め込んでいく。そのうち、ベルトを緩めて呼吸をしている人もいる。

食事の後、母がお茶を出すと、兵隊さんたちは一斉に立ち上がって「お母さん、どうも有難うございました。本当に助かりました」と最敬礼をした。

「お腹が空いたら何時でもいらっしゃい」と言う母に、兵隊さんたちは「有難うございます」と何度もお礼を言い、満腹になったお腹をさすりながら帰っていった。

母は学徒兵として出陣したデコの兄のことを思い出したのか、兵隊さんの後姿を見送りながら、落ちる涙をぬぐっていた。

「大道公」に祈りを捧げる祖母

ある日、村の役場に勤めている隣村の一甲村の青年が、自転車で勤め先の役場に行く途中、空襲警報が鳴ったが、道の両側が田んぼで身を隠す場所がなく、怖さのあまりペダルを踏み続けた。しかし残念なことに、青年は飛んで来たP38の機関銃掃射を受けて命を失ってしまった。

この一件で、村人全員が空襲警報が鳴ったら外に出てはいけない、外出中に空襲警報が鳴ったら、どこでもいいから身を隠し、警報解除になるまでじっとしていなければばならない、ということを知った。

日本本土の医学院で勉強していた従兄や従弟、従姉が帰って来たので、それまでガラ空きだったおばあちゃんの家は大変賑やかになった。三姨《さんい》（母方の三番目の伯母）の家族も日本医学院の薬学部を出た珠姉と仁、友を含む親子五人が疎開してきた。おばあちゃんの家は大家族が再現され、静かだった家に話し声、笑い声が絶えなくなった。

普段は滅多に顔を見せない多くの孫たちに囲まれて、おばあちゃんはこれ以上の幸せはないとでもいうように、毎日顔一杯に笑みを湛《たた》えて、ニコニコしていた。おばあちゃんはあたかも羽を広げて大勢の雛鳥を守る親鳥のように見えた。

おばあちゃんは朝起きると歯を磨き、顔を洗い、髪を結い、着替えをする。そして、おもむろに、箪笥《たんす》の上の段の観音開きの戸を開け、お線香に火をつけて箪笥の奥に祀《まつ》っている「大道公」に捧げる。そしてお祈りをする。

おばあちゃんは、村の人たちや自分の子供、孫の平穏無事と、戦争が一日でも早く終わるようにと熱心に祈る。

大道公は、ある日、村の人が大切そうに持って来ておばあちゃんに渡し、何やら小声で話した後に置いて行ったものだった。村の人は帰る時に、おばあちゃんに何度も頭を下げていた。

その翌朝から、おばあちゃんは箪笥を開けて、その大道公にお線香をあげるようになった。

日本を快く思っていなかった祖母

おばあちゃんのことでは、こんな想い出がある。

デコが五歳か六歳の時、漢方医であった母の兄が、北京に漢方薬を買いに行った。伯父は物のついでだと北京の街を観光がてらに回ってみた。

その伯父が北京から帰ると、おばあちゃんに「支那にはもう二度と行きたくない。

大体、北京は恐ろしく寒い。貧乏人や老人が飢えと寒さでたくさんあの世に行ってしまう。それに比べると台湾は実に天国だ。幸せ一杯夢一杯、食べ物に心配は無しの地である。しかし、これは日本に感謝しなければいけないと思う」と話した。

鄭成功《ていせいこう》の船で台湾に来たという鄭成功の一族であるおばあちゃんは、伯父の話を黙って聞いているだけだったが、伯父が帰った後、幼いデコに向かって、こんな話をしてくれた。

「あの子は知らないから、ああ言っているが、日本が上陸して来た時の光景は恐ろしかった。村の人達は日本人と聞いただけで怖がっていた。日本人が来たと聞いて、山に向かって我先にと逃げたのだが、逃げ惑い、薯《いも》畑の畝《うね》と畝の間につまずいて、倒れた人を踏んづけて逃げとった。多くの人間が死んだんだよ」

信心深い鄭成功の一族であるおばあちゃんは、あまり日本が好きではないようだった。

台湾の祖先伝来の仏様を燃やして棄てた日本政府

世界各地には、その土地、その地方に根を下ろした各々の風土に合った形の信仰があり宗教がある。日常生活において、予測できない困難に直面した時の精神の支えとなり、心の拠所《よりどころ》となるべき宗教には、文明非文明を問わず、言葉で解明できない重さと深さ、神秘さがあって、同じ宗教を信じる人にしか理解できない精神的なものがあると思われる。

例えば、日本には古き時代より伝えられてきた心の拠所であり尊敬の重点である天照大御神《あまてらすおおみかみ》や神々を崇《あが》め祀る神社を設けて、人々にお参りをさせる神道《しんとう》がある。同じように、台湾にも古代の祖先から伝わる宗教があり、仏様や神様を拝むお寺や廟《びょう》やお宮があり、骨髄に沁み込んでぬぐい取ることのできない信仰心を持っている人間が多く存在した。

そして、結婚、取引、旅行、引っ越し、家の建築などには、信じているお寺や廟、お宮に行って線香をあげ、おみくじを引き、吉凶を占《うらな》って、行動の指針とする風習があった。信じない人は、根拠のない迷信だと言うが、信じている人にとって宗教は、あたかも暗闇をまさぐり歩む時の灯のような有難いものであり、個人の人生行路の大切な道しるべであるため、第三者の容喙《ようかい》は許されるものではない。

村の各家の正庁（家の中心、客間）の真正面に、日本では神棚を置くように、台湾では神卓を置き、その真ん中に自分が信じている仏や神を置き、両脇に先祖の位牌《いはい》を置いて、朝夕線香をあげる習慣があった。

台湾で祀っている仏や神は、日本のお寺やお宮にも見受けられる阿弥陀仏《あみだぶつ》、媽祖《まそ》、釈迦、または大道公などであったが、昭和13～14年頃に日本政府のお達しで、日本の神道を普及させ、今まで年月を積み重ねて信じて来た台湾人の信仰を払いのけるために、お寺や廟を整理することになった。

先ず、各家庭に祀ってある仏像を払いのける事から始まった。家々に祀ってある仏像は、先祖代々伝わっているその家にとっては何ものにも代え難い宝であり、遺品ともいうべきものであった。日本政府は、それを取り上げて燃やしてしまった。それを見て、多くの村人たちは心を痛めた。

何とか自分たちの村の鎮守様の大道公だけでも護り通したいとの願いで、村人たちは尊敬していたデコのおばあちゃんに大道公を匿《かくま》ってくれと頼みに来たのである。おばあちゃんは喜んでお受けした。

おばあちゃんは、それを一番安全な場所である自分の箪笥の上の段の中に隠し、朝夕線香をあげ、一日も早く戦争が終わるようにと祈り続けていた。日本の歴史に疎《うと》い台湾の年寄りたちは、天照大御神に関することは、全く無知の世界の物語であり、どうやって祈るのかも理解できない。

その反面、先代からずっと自分の家の神卓に置かれている仏像や、廟やお寺に置かれている自分たちの祖先伝来の心の拠所である神様仏様を、警察が家々を回り、探し出しては持ち去り、公衆の面前で燃やし棄てるのを見て、恐ろしさと悲しさが極点に達し、反射的に憎しみと強い反感に転じていった。普段は顔には出さないが、悲しさのあまり心の中で呪い続けていないとは限らない。この日本政府の仏像狩りが、村人の心の奥底に形容し難い激しい恨《うら》みの種を播いたことは否《いな》めない。

デコは、世界中、人間が住む所には、必然的に信仰があり神があると思っている。

イエスも媽祖もアラーも呼び名こそ違うが、この自然界では同じであると信じている。その目には見えない神をごく自然に拝み、祈ることは、その土地の人間の自由ではなかろうか？

立場を変えて、日本の寺社や神社に祀っている仏像などを有無を言わさず持ち去り、公衆の面前で焼き払ったりしたら、日本人は大人しく「どうぞお持ちください。焼き払ってください」と頭を下げて渡すだろうか。政府といえども人民の信仰する宗教に干渉することは、人道上決して許されることではないと思う。

日本の新しい知識の洗礼を受けた若い人たちは、特に身に沁みるような痛手を感じなかったかも知れないが、仏像が焼かれると聞いた村の年寄りたちは、今まで積み重ねて来た日本に対する尊敬と感謝の思いが傾き、暴風の後の山崩れのような現象を生み出した。家庭の守り神の仏様を日本人が焼き払った恨み、憎しみがもつれあい、胸に複雑な綾を織り重ね、村の年配者の顔からは笑いが消え失せた。

「国や土地や人々を守る神様がいなくなってしまったら、この戦争は勝てないだろう」

そう呟いた年寄りの言葉が、デコの胸に鋭く突き刺さった。そして、夜空に煌《きらめ》く流れ星は、燃やされた仏様の最期の御姿のように思えた。

当時、仏像焼き棄てを執行した警察たちは、上司の命令に従っただけだと思うが、余りにも杜撰《ずさん》なやり方は決して妥当であったとは言えまい。

デコは重ねて言いたい。全世界にわたる宗教のおおもとの〝神様〟は、名称こそ異なるが、いずれもこの世界を創造された同じ神であることを理解できたなら、きっとこの世から戦争という殺し合いがなくなるだろうと。

したたかな使用人・傳爺

デコの父は、田舎に疎開するために、経営していた電気店を閉めなくてはならなくなったのみならず、養殖場がモーターを使ってはいけなくなったため、収益の道を塞がれてしまった。

女房の実家での長い間の居候《いそうろう》は、男のメンツにかかわると父に思わせたくないと考えた禎叔父は、デコの母に一甲歩（一甲歩は二九三四坪）近くの畑を自由に使っていいと言ってくれた。

それは、叔父からすると、自分たちが台北の医学校で勉強していた時、長い間、犠牲を払って無報酬で財産管理をしてくれた姉（デコの母）に対する恩返しのつもりでもあったのかも知れない。事実、その土地にはすでに植えられた大豆が熟れていて、特に管理する必要も無かった。

大豆の収穫を終えた後、何を植えたらいいかと考えた母は、野菜よりもお米を作った方が有益ではないかと、使用人の傳爺《でんじい》に尋ねた。すると傳爺はこう言った。

「奥様、稲を植えるのは良いが、その畑の土壌には普通の稲よりも陸稲《りくとう》を植えた方がよろしいかと思います。なぜなら普通の稲でしたら、田植えをするにも人手が必要です。今のご時世では、若者たちは兵隊に行かなければなりません。年寄りの農夫は自分の田んぼだけで精一杯ですし、大変な田んぼの仕事に人を雇う事ができません。それに、そんな仕事は都会に住んでいる人たちにはできるものではないと思います」

黙って聞いていた母は、確かにそうだと感じることが多く、傳爺の言うように陸稲を植えることにした。

陸稲は種を播いて芽が出たら、台風さえ来なければ野生の稲のように育つので、収穫をするだけでいいと言う傳爺の言葉に間違いないようである。

母は傳爺にお金を渡し、陸稲の種を買いに行かせた。

傳爺は早速自転車を飛ばして陸稲の種を買いに行った。暫《しばら》くすると、傳爺は自転車の後ろに陸稲の種を麻袋の半分近く入れて積んで帰って来た。

母と傳爺は、農民歴をめくって黄道吉日《こうどうきちにち》を選び、種播きの日にちを決めた。台湾の農民は、農業に関する諸々の行事を農民歴に従って行なっていた。

いよいよ種播きの日が来た。傳爺は朝早くから手伝ってくれる人を連れて畑に行った。傳爺は昼前に陸稲の種播きを終えて、デコの母に報告した。

母が傳爺に賃金を払おうとしたところ、どうしても受け取らないと言ったが、母は無理に渡した。

傳爺は「これは播き残った種です」と言って麻袋を母に渡した。その麻袋を見た母はびっくりして「えっ？　一甲歩近い畑に播いたのに、なんで種がこんなに残ったのかね。半分以上の種を残して大丈夫なの？　芽が出たら禿《は》げた頭の髪の毛みたいに数えることができるのでは？」と現場に行って監督しなかったことを後悔した。

デコの母はお爺ちゃんが他界した後、二人の弟が台北の医学院で勉強をしている間に、多くの土地、畑、田んぼ、黒砂糖製作所、ビーフン製作所の管理、小作人や使用人の賃金支払いなど、全ての管理をおばあちゃんに代わって一人で捌《さば》いてきた。そのお蔭でおばあちゃんは祖先伝来の土地、畑、瓦《かわら》の窯《かま》など全ての所有権を無事に維持することができたのだ。

それらの管理を任せられていた母は、どの位の広さの土地には、どれだけの種が必要であり、どの位の収穫を得ることができるのかをよく分かっていただけに心配であった。しかし、自分でできる仕事ではないために、厳しいことも言えず口をつぐんだ。そして母が「その残った種は、持って帰って自分の畑に播いてください」と言ったところ、傳爺は大喜びで種を持ち帰った。

傳爺は禎叔父ちゃんとおばあちゃんだけに忠実であるということを母は感じた。そして、農村の人間の狡賢《ずるがしこ》さに感心せざるを得なかった。

しかし、何か頼むと「へいへい」と言って動いてくれる重宝する面もあったので、あまりきついことも言えなかったのかも知れない。

事実、母は心配していたお米にはちっとも困らなかった。なぜなら米櫃《こめびつ》のお米が底をついたら、蔵に積まれている籾《もみ》を脱穀機に入れれば白米が手に入ったからだ。農村では配給制度もなかったので、日常の食生活には何ら心配も苦労もなかった。

水牛の出征

ある日、デコがお昼ご飯の後片付けを手伝っていた時、外出先から帰って来た栄兄が突然大きな声で「おーいデコ、牛が出征するぞー。早く見に来い！」と呼んだ。

「えっ？　牛が出征？　まさか！」

デコの耳に、急に「ポチが出征した朝は、丘に桜が咲いていた。ポチは頭をぐっと上げ、兵隊みたいに歩いてた」のメロディーが囁《ささや》くように感じた。デコは大きなガジュマルの方に向かって駆け出した。

多くの村人が大きな輪を作って囲んでいる。栄兄はデコの手を取って輪の中に引っ張り込んでくれた。十人くらいの兵隊さんが銃を持って軍隊用のトラックを囲み、トラックの後の枠板を外し、分厚い板を置いて緩やかな滑り台のようにしていた。

よく見ると、一頭の水牛が二本の角に赤い布を巻いて立っている。その傍で飼い主と思われる一人の農夫が、水牛をトラックに引っ張り上げようとしている。農夫はところが、水牛は四本の足を突っ張ったまま、ピクリとも動こうとしない。農夫は涙を流しながら、手で水牛のお尻を叩いたが、水牛は来たるべき己の運命を察しているのか、頑として動かない。群衆の中には、その光景から目をそらして涙を拭いている人もいる。

ついに農夫が涙で濡れた頬を水牛の頭にくっつけて何か囁いた。すると、暫くすると水牛は納得したのか観念したのか、前の両足を折り「では行きます」と言わんばかかりに頭を地べたに付けた後、やおら立ち上がり、尻尾《しっぽ》を垂らし、農夫の引く綱に従ってゆっくりと歩み出した。デコには水牛の両目に涙が浮かんでいるように見えた。水牛は、まるで飼い主との今生の別れを感じているように、一歩一歩と歩を進め、トラックの後ろに渡された分厚い板を踏んで上がって行った。

兵隊たちがトラックの後ろの囲い板を上げると、水牛はトラックの上からしょんぼりと飼い主を見つめている。水牛を乗せたトラックは、無情にも遠のいていった。

我が子のように育ててきた水牛を「出征」の名の下に連れて行かれてしまった農夫は、涙で濡れた顔をうつむけて、肩を震わせながら立ち去って行った。

兵隊さんたちがいなくなると、見に来ていた人たちが「水牛の出征というのは口実で、本当は兵隊さんのお腹に入るんだ」と呟《つぶや》いた。

それを聞いた途端にデコは、農作業の大切な片腕を捥《も》ぎ取られ、腹の底から込み上げてくる悲しみをこらえ嗚咽《おえつ》していた飼い主の心情はいかばかりかと思った。

そして、人間の命を繋ぐための食料の生産に渾身《こんしん》の力を出して黙々と働く罪のない水牛を屠殺して、その肉を口に入れることを思うと、人間の残酷さに背筋に冷たいものが走り、形容し難い悲しみを覚えた。

それからというもの、デコは牛肉を口にすることはなくなった。特に台湾の牛肉には、絶対に箸《はし》を付けられなくなった。

朝鮮人の兵隊には同胞愛がないように見えた

その頃から、デコのおばあちゃんの家に来て食事をする兵隊さんの数も段々と増えてきた。その中に朝鮮人の兵隊も何人かいたのだが、不思議なことに朝鮮人同士は同胞愛という思いがないように見えた。

朝鮮人の兵隊の一人は上等兵で背が高く、もう一人は一等兵で背が低かった。二人とも長谷川という苗字であるのに、なぜか仲が悪く、顔を合わせる度に睨み合っていた。

ある日の食事時、いつもは皆で揃って来るのに、その日に限って背の低い長谷川さ

んがいない。心配したデコの母が、背の高い長谷川さんに「もう一人の長谷川さんは？」と聞いたところ、

「ぽくか（僕が）あいつを殴った」

「えっ、喧嘩したの？」

「あいつは悪いやつだ。おおぱか（大馬鹿）やろうだ」


階級制度というのは、たとえ軍規を犯さなくとも、一階級上の上官の意に反したら痛い目にあわされても「有難うございました」と言わなければならなかったようだ。

戦争と喧嘩。戦争は国と国の争い、喧嘩は人間同士のいがみ合いだと思うが、男性の世界はストレス解消のために他人を虐《いじ》め、痛めつけたりする以外に方法はないのだろうか？

団結心を必要とする戦場にいるのに、心の中に恨み辛みを抱いた者同士が、果たして団結できるのだろうか？　デコは頭を傾《かし》げた。

叔父が日本兵の痔の治療をする

大社村にたった一つしかない公学校（大社公学校）には、兵隊の数が急に増えてきた。大社公学校の門をくぐると、カーキ色一色の軍服の兵隊さんの姿しか見えない。学校が兵営に変身してしまったのだ。

兵隊以外は誰も入れない兵営に変貌した学校に、デコは平気で入って行く。するとあちこちから「デコが来たぞ」と声が上がる。なぜなら、デコは兵隊さんに頼まれて訪れたのだ。

兵隊さんに案内されて教室に入ると、床に敷いた茣蓙《ござ》の上に、二人の兵隊さんが辛そうな顔をして横たわっていた。案内をしてくれた兵隊がデコに、

「お願いがあるんだが、君の叔父さんに往診して貰えないか聞いてくれますか？」

「どこか悪いのですか？」

「一人は腹が痛いと言っている。もう一人は『ぢ』で痛くて歩けないんです」

「持病？」

兵隊さんは、きょとんとして「いやー、どうもそうらしいです」と言葉を濁した。

家に戻ったデコは、ちょうど病院からおばあちゃんの家に帰って来た禎叔父に、

「兵隊さんが叔父ちゃんに往診してもらいたいって言ってた」

「ほう、どうしたのか？」

「一人はお腹が痛いって。もう一人は持病だって」

「えっ！　持病？」

「うん。痛くて歩けないって言ってた」

「あっははは。分かった。よし、夕飯を食べてから行こう」


お夕飯を頂いた後、禎叔父と一緒に兵隊さんの待つ学校に向かった。薄暗くなった田舎の道には人影がなく、カエルが忙しくグウワッグウワッと呼応しあっている。

校門の衛兵は、叔父とデコの姿を見ると、何も聞かずに敬礼をして通してくれた。

禎叔父に往診を頼んだ上官らしき兵隊が待っており、禎叔父に敬礼をし、二人の兵

隊さんが寝ている教室に案内してくれた。灯火管制のため教室の中は薄暗い。叔父は懐中電灯をデコに渡し、診察中照らしているようにと言った。

禎叔父は先にお腹が痛い兵隊さんから診察した。そして、傍に立っていた上官に用意してきた粉薬を渡し、「食後に一服、一日三回飲ませてあげなさい」と言付けた。

次に、もう一人の痛くて歩けない兵隊さんの診察をする。その兵隊さんは、体の具合を禎叔父に話した後、ズボンを降ろしてお尻を出した。禎叔父は白いクリーム状の薬を付けた後、「傷口は常時清潔を保ち、これを塗るように」と言って残った薬を兵隊さんに渡した。兵隊さんがゆるゆる立ち上がり「有難うございました」と頭を下げた。途端に「えっ！　不思議。もう痛くない」と言って片足を上げ下ろし、別の足を上げ下ろしして、しきりに「おかしい？　変だな？」を繰り返している。

傍で見ていた上官までもが驚いて、「おい、君、本当か？」と聞くと、「本当です。この通り」と歩いて見せた。

兵隊さんたち一同が丁寧に頭を下げて「有難うございました」とデコと禎叔父を見

送ってくれた。

帰りの道すがらデコは聞いた。

「叔父ちゃん、凄いんだね。その薬はどこ製？　ドイツ製？」

「いや、台湾製だよ」

「へー、台湾製！　信じられない。なんでそんなに効くの？」

「あの兵隊さんは痔といって肛門に傷ができて、ばい菌がついて腫れたので、すごく痛んで歩けなくなっていた。それで傷口の汚れを取り除き、消毒した後に傷口に油を塗って、皮膚が柔軟になったため、周辺と皮膚との摩擦が生じなくなり、痛みが軽減されたのだ」

「ふうーん、叔父ちゃんってすごいんだなぁ」

デコの感動した言葉と叔父の「わっははは」の笑い声が、夜の静寂に余韻を残して響いた。

衛生兵たちとの交流

母と同じ年の潤叔父の長男であり、デコの一番上の従兄の昌兄さんの病院は、おばあちゃんの家の表通りにあり、三番目の叔父の家を挟んだ左手にある四階建てのビルだった。平屋の家が建ち並ぶ村にたった一軒しかないビルだったので、遠くからでも見ることができた。

昌兄さん一家は、デコたちが疎開して来る前、戦争が始まって間もなく阿里山に連なる奮起湖に疎開してしまい、そのビルは空き家になっていた。

その空き家のビルを日本軍が借り、富永伍長、小林伍長、長谷川上等兵らの衛生兵が二十人近く住み込み、一階を医務室にし、二～四階を病室と寝室にしていた。衛生兵とは言うものの医者の資格は持っておらず、健康に障りがあると、彼らはすぐに叔父の病院に馳《は》せつけていた。

小林伍長が、おばあちゃんの家に何日も姿を見せなくなったのは肺浸潤になってしまったからだと聞いたデコの母は、栄養失調のため抵抗力がなくなったのが原因と考え、毎日、鶏の卵を衛生兵に持ち帰らせていた。

するど、何日かして、小林伍長がひょっこりと姿を現し、「お母さん、どうも有難うございました。お蔭で随分よくなりました」と言って普通の人では手に入れることができないマラリアの薬アテブリンを母に渡した。

「こんな貴重なものを沢山頂いたら、皆さん大変でしょう? 半分だけ頂きます。あとの半分はお持ち帰りください」と母が言うのを「いや、定期的に頂けるから」と無理やり母に渡して、小林伍長は帰って行った。

黄色い小粒の錠剤「アテブリン」は、白い錠剤のキニーネよりも効き目が早いというマラリアの特効薬だった。当時、軍隊でしか手に入れることができないと言われていたが、母の薬箱の中にはいつも少ないとは言えない量が蓄えられていた。母は、マラリアで困っている人がいると聞くと、急いでアテブリンを渡し、多くの人たちに喜ばれ、感謝されていた。

防空壕への避難

人々は毎日のように響く警戒警報、空襲警報、警戒解除のサイレンの音を聞き慣れて、あまり怯《おび》えなくなってしまった。警戒警報は、概《おおむ》ね日中にはあっても、夜中にはほとんどなく、安眠できた。

ところがある日、夕飯を済ませデコが布団に潜り込み夢の世界に足を踏み入れようとしていた時、急にウォーン、ウォーン、ウォーンと鳴り続くサイレンの音に目が覚めた。

「わっ！　空襲警報だ」

デコは真っ先におばあちゃんの部屋に駆け込むと、おばあちゃんに上着を着せて、手を取って庭に出た。

庭には父が弟を抱き、母が二人の妹たちの手を取って待っていた。おばあちゃんの大切なものを入れた金庫を妙姉ちゃんが持ち出して来た。栄兄が先頭に立ち、その後に母の三番目の姉の家族全員、その後をデコが纏足をしているおばあちゃんと手をしかとつないで進んだ。

日本から帰って来た祥兄とその兄の司兄が、万が一のことを考えておばあちゃんの護衛役を務め、家の脇の狭い路地を縫いくぐって、潤叔父の住む果樹園に向かって進む。纏足のおばあちゃんの片方の手をデコが取り、もう片方の手を司兄が取り、一歩一歩気を付けて歩いていく。おばあちゃんの家から潤叔父の家まで、直線にすれば僅かな距離だが、無数の家が立ち並んでいる家と家の間を廻って行かなくてはならないので、倍の遠さに感じられた。

バルコニーで待っていた潤叔父は、おばあちゃんの手を取ると、全員を裏の防空壕の中に案内した。防空壕は、無数に立ち並ぶスターフルーツの木の下にあった。長く深く掘った防空壕の穴は、太い麻竹《まちく》を横にびっしりと並べ、その上に麻袋を被せ、さらにその上に土を被せてあった。防空壕の中は随分と広く、二十人近くの人間が入ってもまだ充分スペースが残っている。

ゴザを敷き毛布を敷いておばあちゃんを休ませる。潤叔父が、万が一の場合、この中で炊事ができるようにと考え、鍋や七輪まで用意してあった。おまけに近くに掘ったもう一つの防空壕とは、トンネルで繋がっていた。

潤叔父から防空壕の説明を聞いた司兄が、もう一つの防空壕を見たいと立ち去った時、祥兄が「爆弾が落ちたら全員一緒に生き埋めだから寂しくないな」と言った。それを聞いたおばあちゃんが「祥っ！　そういう言い方は慎みなさい！」と厳しく窘《たしな》めた。祥兄は舌を出して横を向いてしまった。

敵の飛行機は爆音を残して立ち去ったのか、警報解除のサイレンが聞こえる。幸いにその夜は何事も起こらなかった。

いくら広いと言っても、地上の生活に馴染んでいる人間にとって、防空壕の穴倉の生活はとてもじゃないが我慢の限界があった。

翌朝早く防空壕から出た時に、全員の口から自然と出たのは「ああ！　気持ちがいい！」という言葉であった。なんだか今までこんなに気持ちのいい日を迎えたことがないような言い方に、デコはなんとなく不思議な感じがした。

防空壕に避難して亡くなった友人

潤叔父の果樹園の防空壕に退避したのは、後にも先にもこのたった一回だけだった。なぜなら、デコの父が「おばあちゃんの家から潤叔父の防空壕までは、纏足をしているおばあちゃんには遠すぎる」と禎叔父に言ったからだ。

「こんなに遠く離れた防空壕は意味がない。途中で機関銃掃射で殺されなかったとしても、年寄りが転んだりしたら大変なことになる」と進言したのだ。

禎叔父は、一番尊敬していた姉婿の言葉に同感し、おばあちゃんの家の後庭《こうてい》に早急に防空壕を作ることにした。

禎叔父は職人さんに命じて地下室を作るように大きく深く穴を掘らせ、床にコンクリートを流し固め、四面の壁には煉瓦を積み、さらにその上にコンクリートを塗り固め、恰《あたか》も一つの部屋を地下に埋めたような形の防空壕を作らせた。天井には二本の細い煙突を備えて、部屋の空気の流通を図った。

また、万が一の場合、外に出やすいようにと、前後に二つの出入口を作った。

それからは空襲警報が聞こえると、子供たちとおばあちゃんだけがその防空壕に入ることにした。

おばあちゃんは防空壕に入る度に数珠《じゅず》をまさぐり、観世音菩薩に祈りを捧げ、「南無阿弥陀仏、観世音菩薩。どうかこの村に爆弾が落ちて来ないように。戦争が早く終わるように」と唱え、祈り続けた。

今考えると、防空壕というのは、ほんの気休めに過ぎない代物であった。

台南師範学校附属国民小学校のクラスメートで、デコと特に仲の良かった友人の慧珍さんは、デコの家の近所の豪邸に住んでいた。

空襲警報のサイレンを聞いた慧珍さんは、お兄さんと一緒に急ぎ防空壕に入った。ところが、離れた場所に爆弾が落ち、その振動で防空壕の上に積み重ねてあった土嚢《どのう》が崩れ落ち、慧珍さんは下敷きになって亡くなってしまった。

身を守るはずの「防空壕」が「亡空壕」になり変わることもあったのだ。

当時の台湾の男尊女卑

「お母さん、足元に気を付けてください」という潤叔父の声に送られて、デコたちは果樹園の防空壕を離れた。

小道を横切り、家と家との間の幅狭い小道に入ろうとした時、髪をふり乱して、わぁーわぁー泣きながら、十七～十八歳くらいの娘がデコたちの前を駆け抜けた。その後ろから、裸足の痩せた爺さんが天秤棒《てんびんぼう》を振りかざして「畜生！　逃げるな！　叩き殺してやる」と怒鳴りながら追いかけている。

「祥、どういう事で娘を殺さなければならないのか、事情を聴いてきなさい」と驚いたおばあちゃんが言うと、祥兄は「おい、ちょっと待て！　蘇院長の甥っ子だ！　女の子に殺さなければならない程の罪があるのか？」と声を掛けた。

声の主が、禎叔父の甥っ子であることを知り、痩せた爺さんは一瞬ギクッとしたようだったが、怒り心頭に発しているのか、肩で呼吸をしている。

話によると「女の子はごく最近結婚した息子の嫁で、今朝、炊事場の手伝いをすると言ったから、この大馬鹿に素麺を茹でさせた。ところが、素麺の形は見えなくなり、一釜の糊《のり》を作りやがった。この馬鹿もんは素麺を水炊きにしたのだ。お蔭で家族全員朝飯抜きだ」とのこと。

黙って聞いていた祥兄が尋ねた。

「嫁は幾つだ？」

「十七だ」

「茹でる前に茹で方を教えたか？」

「んっ…」

「教えてなかっただろう。それは君が悪い。おそらくあの娘は素麺を見た事も触ったこともなかっただろう。君の家に嫁いで来た娘が、自らお手伝いしますと言うのはなかなか素直な子だと思わないか。素麺の茹で方を間違えて糊を作ってしまったことは教えなかった君が悪い。それを君は叩き殺すと言ったが、君が息子の嫁を叩き殺したら息子は生涯君を憎むだろう。それだけじゃないぞ。人を殺した罪で警察が君を逮捕して牢屋にぶち込み、まかり間違ったら死刑だぞ」

「け、け、警察が、ぼ、ぼ、僕を…」

祥兄は続けて言った。

「こんな些細なことで嫁を虐めて叩いたり殴ったりしたら、若い人たちに憎まれ、君が年を取って動けなくなった時、誰が君の世話をするのか考えたことがあるか？」

祥兄の説教はまだ続く。

「よく考えてみろ。君があの子を叩き殺したところで素麺が元の形に戻るか？　なぜこれを機会に素麺の茹で方を教えないで、殴るとか、殺そうとしたのか？　あの子が失敗しても優しく素麺の茹で方を教えてあげたら、あの子はきっと君が年を取っても孝行を尽くすと思うよ」

骨皮筋衛門《ほねかわすじえもん》の爺さんは、天秤棒を持ったまま肩を落としてつっ立っていた。田舎の人にとっては「日本の警察」と言うと、身の毛がよだつほど怖く恐ろしい人間に見えていたようだ。

おばあちゃんと一行が家に帰りついた頃には、朝食が既に机に並べられていた。デコは、さっき見た光景が頭にこびり付いて離れなかった。

台湾の田舎には、些細なことで他所から来た嫁に難癖をつけて、いびり虐めたりする男尊女卑の風習があり、デコは不快に思っていた。男性だからと言っても中には脳足りんがいる。女性だからと言っても全員が穀潰《ごくつぶ》しとは限らない。それなのに、なぜ「男女同等」と考えないのか？

そして何より、男性よりも虐《しいた》げられている女性自身の方が、男尊女卑の傾向が強烈であったのが不思議でならなかった。デコの母も男尊女卑の傾向が甚だしかった。

よく母が口にしていた「女の子は嫁に行けば他人の物」というのが、デコにはどうしても理解できなかった。母自身も女性ではないのか？　なんで女性が女性の立場を尊重しないのか？　百年前の台湾の女性は経済能力が無く、結婚して他人の家庭に入っても地位が無く、虐められても帰る家が無かった。他人の苗字を冠してしまったら最後、できることは、胸中に忍の字を大きく書いて忍んでいく外に道はなく、無賃雇用の召使いで一生を過ごす人も少なくなかった。同じ人間でありながら、なぜにこうも男女で違うのだろうとデコには不思議に思えた。

日本兵が台湾の便器をお櫃に

一世紀前の東洋諸国の農村は、今のように化学肥料というものはなく、人間の排泄物や雑草などを集めて天然自然の肥料にしていた。これは日本も同様であった。

台湾の家庭では、屋内の生活範囲から少し離れた所に厠《かわや》があった。というのも、夜が明けると肥汲み人夫《こえく》が天秤棒の両端に木製の桶《おけ》を引っ掛け担いで、各家庭を回って肥を汲んで行くのだが、その際に家の中を通らずに済むからだ。朝食時に肥を担って家の中を通られたら、とてもじゃないが我慢できたものではない。

ところが、夜になると年寄りや小さい子供たちは、から離れた厠に行くのは簡単ではない。電気が通っている所はまだましだが、まだ灯油を使っている地方では、月明かりのない夜は真っ暗で、年寄りや子供は外に出られない。特に北風が吹く冬、真っ暗な庭を手探りで行くことは難しいので、農家では家々に蓋《ふた》つきの木製の樽《たる》を作って、子供や年寄り用の「おまる（便器）」として備えていた。

そして朝早く起きると、主婦が、いの一番にこの排泄物の入ったおまるを厠に運んで排泄物を捨て、井戸端《いどばた》に持って行って藁《わら》を堅く束ね巻いた藁束子《たわし》に竈《かまど》の藁灰を付け、桶と蓋をごしごし洗い、太陽の当たる場所に置いて乾かすのだ。これが主婦の毎日の仕事であった。

戦況がますます緊迫してきたある日、兵営と化した学校に急に多数の兵隊が入って来た。

学校の左側には田んぼがあり、その田んぼのど真ん中に大きな家が一軒建っていたが、戦前から誰も住んでいない空き家であった。ある時、デコが栄兄に、あんなに大きく立派なのにどうして誰も住んでいないのかを尋ねたことがあったが、栄兄によると、その家は呪われた家で、家中に蛇が出るという噂だった。

村の人たちは、その家を「蛇の館」と呼んで全然近寄らない状態だったのだが、軍隊が学校を兵営にした時、そこを倉庫代わりに使うようになった。

兵隊は運動場に近い教室を炊事場にしていたが、ある日、畑さんの娘のちずちゃんと学校に行った時、軍隊の炊事場には大きな竈が備えられて、子供が入って湯浴《ゆあ》みできるほどの大きな鍋《なべ》で茄子《なす》を炒めていた。

それを見て驚いたちずちゃんに、炊事兵の一人が「食べたいか？」と聞く。ちずちゃんは「いや、ほしくない」と言って頭を振った。


二人が手を繋いで帰って来た時、近所に住んでいる女の人たちが何人も集まって大きな声で「困った、困った。本当にどうしよう？」という言葉を繰り返している。聞くと、日本の兵隊さんがお昼近くに来て、彼女たちが洗って天日で干していたおまるを貸してくれと言ったのだという。この村ができてこの方、おまるの貸し借りは聞いた事がなく、それこそ前代未聞のことである。

びっくりした女性たちは、言葉が通じないので手を横に振って駄目だと示したが、それでも兵隊さんは頭を下げて持って行ってしまったのだという。「一体何に使うのだろうか？　このまま持って行かれたらどうしよう」などと皆が思っていたところ、女性の一人が心配して兵隊について行った。

軍隊の炊事場を見た彼女は目を疑った。なんと一つ一つのおまるに兵隊さんが炊きたてのご飯を入れているではないか。

驚いて戻って来た女性から、その話を聞いて「お、お、恐ろしい！」「どうしよう」と女性たちは戸惑い、返してもらわないと姑《しゅうとめ》や舅《しゅうと》になんと説明したらいいのか心配だと、困り切った顔で「どうしよう」を繰り返している。

それを聞いたデコもびっくりした。

「どうしよう？　まさか御櫃《おひつ》だと思って借りて行ったのかしら？」

女性たちは眉間《みけん》に縦皺を作って、困り切った顔で話していた。

ところが、お夕飯を済ませた後、兵隊さんたちがそのおまるを返しに来た。今夜はどうしようと嘆いていた女性たちは、やっと胸を撫で下ろしたのであった。返されたおまるを見ると、どれもきれいに洗ってあった。

もし後で、兵隊さんたちが、夜の食事のご飯の御櫃が「おまる」だったことを知ったら、借りて行った兵隊さんたちは頬《ほお》に往復ビンタを頂くことになるのではないかなとデコは心配した。

命の恩人・日本人の将校さん

日々、空襲警報のサイレンの音に驚き、警報解除のサイレンの音にほっと胸を撫で下ろす生活を繰り返す間には、人間社会の喜怒哀楽を赤裸々に演じるシーンが絶え間なく起こる。

デコは、疎開先の大社公学校を卒業したが、女学校に上がるにはテストがある。デコは、疎開する前の台南師範学校附属国民小学校の担任であった小谷先生が送ってくれたプリントと教科書で自習復習を重ねていた。

受験をする一高女の試験の前日、仕事で忙しい父の「後から行くから、よく気を付けるんだぞ」の言葉に見送られて、デコは一人で生まれ故郷の台南市の中学校の試験に間に合うようにと路竹《ろちく》駅に向かった。

しかし、いくら待てども汽車が来ない。高雄の左営にある航空隊の基地に敵が奇襲をし、戦闘機P38の機関銃掃射とB29の爆撃によって多くの死傷者が出たため、汽車が遅れているとの情報が入った。

待ちに待ってようやく聞こえた汽笛の音に胸を撫で下ろしたが、汽車は溢れんばかりの乗客で、いくら身を細めても車両の中に入れない。

すると、汽車の入り口のステップに立っている人たちが、デコが立てるだけの隙間を無理に空けてくれた。デコは、お米とキャベツが入った手提げを片腕に通し、両手で車両の入り口の鉄棒を掴んだ。

デコの右側のステップに立っていた日本の将校らしき軍人さんが「危ないから降りなさい」とデコに言ったが、明日の試験に間に合わせることしか頭になかったデコは、その勧めに耳を貸さず、下りなかった。


そのうちに汽車は動きだした。

荷物の重さが腕に食い込み痛さに歯を食いしばっているデコに、将校さんが「大丈夫ですか？」と尋ねたが、返事をする力もなかった。それを知ってか将校さんは「荷物を捨てなさい！」と叫んだ。

デコが、荷物を一つ捨て、二つ目を捨てようとした時、汽車は二層行渓の上鉄橋に差し掛かり、ゴーッという轟音《ごうおん》と共に強風に煽《あお》られ、あっという間に左足が離れ、力が抜けていくような感覚を覚えた。「助けて」と言おうとしたが、それから後のことは全然記憶に残っていない。

遠くから聞こえる声が、だんだん耳元に近づき「寝てはだめ。目を開けて」と聞こえてくる。誰かがデコの瞼をつまむ。立っていたはずが、誰かの膝の上に寝ている。目を開けようとしたが、なぜか瞼が重くて開かない。なぜか急に涙が流れ出た。するとと、デコの涙を見た見知らぬおばさんの「涙が出たら大丈夫」の言葉に、デコは再びと眠気に襲われ、何も聞こえなくなった。

どの位経っただろうか。「もう台南だよ」と体を揺さぶられた。デコは台南と聞いた途端、脳髄に電気が通ったように飛び起きて辺りを見回した。私を抱いていた見知らぬおばさんや周りの人たちの、

「良かった。もう大丈夫だ」

「あの軍人さんがいなかったらこの子は川に落ちていたよ」

といった声に、川に落ちるところを軍人さんが助けてくれたことを知った。ドアから出られないデコを、おばさんが窓から外に降ろしてくれ、将校さんが窓の外から受け止めてくれた。

「大丈夫ですか？」

「はい、もう大丈夫です。本当に有難うございました」

「しかし本当に危なかったな。でもよかったな。一人で大丈夫ですか？」

「はい、大丈夫です。あの…」

「えっ？」

「お名前を教えていただけますか」

すると何が可笑しいのか、将校さんはプッと吹き出し「子供のくせに。いいから気を付けて帰りなさい」と言って車両に乗り込んだ。そして、窓から顔を出すと「気をつけて帰るんだよ」と言って笑顔で手を振った。

汽車は北に向かって進んで行く。将校さんの振る手がみるみる遠のいていった。

すでに八十年の歳月が過ぎたが、デコは、いつかその将校さんに御恩を返したいと思いながらも、願いが叶えられず過ごしてきた。

デコは、命懸けで助けてくれた将校さんを天が授けてくれた救いの神と信じている。この時以来、毎日、日の出を拝む時、「今日もまた新しい一日を頂き有難うございます」と神に感謝すると共に、助けてくれた名も知らない軍人さんに有難うございますと感謝し、夜空に輝く月を仰ぐ時、「無事に楽しい一日を過ごさせて頂き有難うございます」と神に感謝し、命を助けてくれた日本人の将校さんにも心から有難うと言って眠りにつくのが習慣になっている。


日本の将校さんは、今、いずこにおられるのだろうか？

あの将校さんがいなかったら、その後の台湾の変転と日本時代の真実を、こうして次世代の人たちに伝えることはできなかったであろう。

2002年8月、想い出深い「路竹駅」を訪れた著者。

2019年11月、鳥取県立米子東高等学校に招かれ「日本精神とは何か？」と題して講演を行なった著者。右は著者の日本滞在時に常に同行し、サポートしている次男の劉明傑氏。

闇取引に来た五人組

その頃には、母が傳爺に頼んで植えた陸稲はすでに刈り取られ、その後に植えた応菜（空心菜）、ササゲ豆、インゲン豆、皇帝豆、豌豆《えんどう》なども収穫を待っていたが、一日の食べる分しか採らないので伸び放題だった。

食べる分だけと言われたので、デコが熱い太陽の下でササゲ豆と毎日食べる空心菜を鋏《はさみ》で切っていたところ、遠くから「おーい、その野菜は君のものか？」と言いながら三人の男性と二人の女性がこっちに近づいてくる。

そして「その野菜を僕らに売ってくれないか？」と聞かれた。

デコが、何と返事をしてよいのか分からず、きょとんとしていると、一緒にいた栄兄が「僕、帰って聞いてみる」と家に走って行った。その見知らぬ闇取引の人たちは、「ここで待っている」と、あぜ道に座り込んだ。

栄兄が戻って来て「おばちゃんが、いいよって言っていた」と伝えると、闇取引の人たちは非常に喜んだ。

デコが「一番向こうの畔から自分で採って」と草刈りに使う鎌を渡し、「応菜は根っこから三センチ上の所を切って下さい」と伝えると「分かった」と言い、喜んで欲しいだけ採っていた。

採り終わると一人が十円札を何枚か出し、「これで足りるか？」とデコに聞く。デコは値段のことは分からないので、受け取ったお金をそっくり母に渡した。

この闇取引のグループは、田舎の人たちにはとても歓迎されていた。若者たちが徴兵され、人手不足になっている農民たちにとって、家まで来て農産物を買ってくれる上に、とてもいい値段で買ってくれるので随分助かっていたという。

空襲警報と警報解除の繰り返しの日々

衛生兵のグループは毎日何もすることが無いらしく、おばあちゃんの家の鍋や竈を借りて薯《いも》の天ぷらや好きなものを作ったりしている。薪《まき》は自分で持ってくる。お風呂も同様で、入りたい人が自分で薪を運んできて積んでおいて、何人かで井戸の水を汲んできて沸かしていた。

警戒警報、空襲警報、警報解除の繰り返しの日々を送っていたデコが、畑に野菜を採りに行こうと思って一歩外に出ようとした時、空襲警報のサイレンが鳴った。

父はデコの手を取って裏の防空壕に飛び込んだ。おばあちゃんは、妙姉さんが既に防空壕の中に連れて行っていた。おばあちゃんはしきりに「南無阿弥陀仏、観世音菩薩、南無阿弥陀仏。乱世苦海に浮き沈む人々を救い給え。南無阿弥陀仏。落ち来る爆弾を払いのけ給え。南無阿弥陀仏、南無阿弥陀仏」と手を合わせて熱心に祈っている。

しばらく上空を旋回していた飛行機のエンジン音は消え、警報解除のサイレンが鳴っている。

ほっとしたおばあちゃんは、再び手を合わせて「南無阿弥陀仏、南無阿弥陀仏、観世音菩薩様、敵の飛行機を追い払って下さって有難うございました」と天の神様に感謝の言葉を述べた後、ようやく立ちあがり、妙姉さんの手を借りて防空壕から出て行った。デコたちがその後に続いた。

終戦の報を一番喜んだデコのおばあちゃん

それからしばらく経ったある日、デコが学校から帰って来た時、よく家に来て母の炊いたご飯を食べていた五、六人の兵隊さんたちが、父と一緒にラジオを囲んで涙を流している姿が目に入った。

デコが、どうしたのかなと不思議に思っていると、富永伍長が立ち上がって手の甲で涙を拭きながら、「日本が負けた」と言って、その場を離れていった。

その時、ラジオを通してデコの耳に入って来たのは〝堪え難きを耐え、忍び難きを忍び……〟という昭和天皇の玉音放送だった。その後はあまり聞き取れなかったが、確かに日本が敗戦したことに間違いはなかったのだ。

終戦の報に一番喜んだのは、おばあちゃんだった。昼夜を問わず空襲警報のサイレンが鳴る度に、おばあちゃんは纏足の足で防空壕に退避しなければならない。防空壕に逃げる時、おばあちゃんは聞こえるか聞こえないかの小声で「南無阿弥陀仏。苦難から人民を救い給え」と念じ続けていた。そのおばあちゃんの願いが、現実のものとなったのだ。

幸いなことに、米軍にとって台湾人を殺すための戦争ではなかったのだ。もしも人民殺しが目的の戦争であったなら、台湾でももっと徹底的に爆撃をしたであろう。そうなれば、煉瓦《れんが》を重ねて建てただけの台湾の民家は倒れ、デコも家の下敷きになっていただろうと思う。

戦争とは何であるかも知らない人々が、防空壕を掘れと言われて掘ったのはいいが、庭先に掘ったお空が見える防空壕。疎開を振り返ってみると、子供のお遊戯のように感じる。だが、なぜか必死に演じていた昔が懐かしく想い出される。

「夢いまだ冷めやらぬ春の一夜」のメロディーを聴くと、瞼の裏に残った想い出が走馬灯のように浮かんでくる。

終戦後、疎開先から台南の家に戻って家族で記念撮影。前列が両親。後列右から、兄：應吟、著者、妹：素賢、妹：素卿、弟：應悟。
改名した父の名前「弘山清一」だった表札は、終戦後「楊阿才」に戻された。

大切な神様・仏様像を壊したことが祟ったのだろうか

敗戦によって、国を愛する多くの日本人の顔から希望と喜びが消えてしまった。町全体からは笑いが消え、道で行き交う人たちは声を出すこともなく、互いに頭を下げるだけになった。

国のために命をも惜しまず、花と散った若き熱血男児の特攻隊員。日の丸の旗を抱えて玉砕した勇士たち。桜吹雪の下、光る七つボタンの制服に決死の面もちで〝行きます〟と挙手の敬礼をし〝死出の道〟に向かって去って行った姿。頭の中に焼き付いた彼らの姿が、ぼんやりと瞼の裏に浮かび上がってくる。今の若者は、国のためにわが身、わが命を捨てたあの若者たちの思いを理解することができるだろうか？

デコは、日本は必ず勝つと思っていたのだが……。

日本政府が、台湾人が心から信仰してきた大切な神様、仏様を狩り集めて公衆の面前で割ったり燃やしたりしたことが祟《たた》ったのだろうか。もし、日本人がそんなことをしなかったら、或いは負けずに済んだかもと思ったりもした。

しかし、その時はまだ、まさか私たち台湾人が日本という国から切り離され、残酷極まる外来人種の統治による地獄の入り口に追い込まれようとは、夢にも思っていなかった。

第三章　混沌の中の青春

乞食のような中国兵を出迎えて知る世の変転

一体誰が蔣介石と国民党を台湾に来させたのか？

後で聞いて分かったのは、蔣介石は中国の内戦で共産党との戦争にとことん負けて逃げる所がなくなった。そこで、妾《めかけ》の宋美齢を連れてアメリカに行き、床に膝をついてアメリカ政府に泣きついて頼んだ結果、台湾に逃げることを許されたのだという。日本との戦争の前から共産党と国民党は激しく争っていたが、負けた国民党が共産党への恨みを抱いて台湾にやって来たのが、台湾の悲劇だった。

人殺しの王者である蔣介石は、自分が殺されるのを恐れてか、台湾が安全かどうかを探るためにか、先ず一群れの乞食の軍勢を台湾に送り込んだ。

我々は、まさか最初に乞食の軍勢を送って来るとは思いもしなかった。世界中、どんな国であっても初めて他国に派遣するのは、必ず身なりを正した軍隊であるのが礼儀であり、当たり前であると思っていたのだ。

デコたちは蔣介石の軍隊を迎えるために、三、四カ月も前から、台湾語の歓迎の歌を日本帰りの台湾人の先生に教えて頂いた。学生は必死で覚えようとしていたが、教える先生の方も大変だったと思う。歌詞に日本語でふりがなを書いて学生に教えてくれたが、時々、「発音」が「八音」になってしまう。

田舎から来た台湾語ができる学生たちは、日本語のみで育った町の人たちを見てせせら笑っていた。何回も練習し、意味は完全には理解できていなかったが、ようやく歌えるようにはなった。

やがて、中国の兵隊を出迎える日が来た。デコたちは、今まで見てきた日本の軍隊のように足並みを揃えて規律正しく行軍する兵隊さんが来るものだと思っていた。中学一年生のデコたちは、空色の制服にアイロンを掛け、白い帽子のつばをピンと張らせ、制服から靴まで皺一つないかを先生が検査をし、それから全員言われた通りに並んで台南駅前に集合した。

成功大学（当時は工学院）、一中、二中、二高女（一高女の生徒はほとんどが日本人で、終戦で帰国したため生徒はいなかった）、長榮中学、長榮女学校など、多くの生徒が集まった。

デコたちは、きちんとアイロン掛けをした学生服に皺が寄らないように気をつけて、ひたすら立って待っていた。ところが、三時間待っても来ない。先生たちは集まって相談をする。時間はどんどん過ぎていく。朝八時からずっと立ち通しである。

ついにお昼になり、先生から「一旦家に帰ってご飯を食べたら、すぐ集まるように」と言われ、飛んで帰って急いでご飯を頂き、また駅前に集まった。

デコたちが集合した場所は、駅前の左手の台南一中に行く通りである。そこは小学四年生の時に、先生に連れられて日本の傷痍軍人を出迎えた場所であった。

松葉杖を突いて歩いて来た兵隊さん、その後に続いていた手の無い兵隊さん、担架で運ばれた達磨のような負傷兵を見た時、デコたち小学生は驚き、哀れみ、気の毒の感情をかき混ぜて涙を流したのを思い出させる場所だった。我が国日本のために戦った大東亜戦争の犠牲者の方々に、デコたちは心の中で「ご苦労様でした。有難うございました」と言って深々と最敬礼をして涙を流した場所であった。

それを今度はなんの因縁だろうか。皮肉にも敵国だった中国兵を迎えることになろうとは。世の変転は想像もつかない不思議なものである。

驚きと軽蔑の中で迎えた乞食の軍勢

午後三時を過ぎ、立ち疲れ過ぎた学生たちの中には、木の根っ子に座り込む人も出て来た。先生たちはもっと大変だった。一クラスに五十人近くおり、四クラス分の学生を守る責任は重いのだ。

待てど暮らせどチャンコロ兵の姿が見えない。責任感の強い先生たちは台南市から高雄に何度も電話で連絡しあっていたが、ようやく「もうそろそろ着く」と言われてデコたちは立ち上がった。次の瞬間、大地を踏んで進む雄々しい兵隊さんを想像していたデコたち学生は、目を見張った。

なんと、目の前に現れたのは、ひょろついた一群れの乞食のような人間たちだった。

「あれ？　これがシナの兵隊？・？・？・」

草履をはき、夏なのに所々に綿がはみ出した綿入れを着て、長い天秤棒の両端に四角い木箱と七輪をかついでいる。あまりに汚らしく、人間とは思えないような群れが、ぞろぞろとあっちを見たり、こっちを覗きながら歩いている。

その予想だにしなかった光景に呆《あき》れて、デコたちは、学校で苦心惨憺《くしんさんたん》して覚えた台湾語のシナ兵歓迎の歌を歌うことを忘れてしまった。咄嗟《とっさ》に小声で歌い出したのは、小学生の時に習い覚えた「兵隊さん」の替え歌だった。

「シナ兵隊は汚いな。天秤棒を担いでる。前に七輪、後方に何かを入れて、のっそりのっそり歩いてる。シナ兵は大嫌い」

そんな替え歌を歌っていたら、先生に聞かれて叱られてしまった。

とその時、「カアッ！プイ！」の大きな声が響いた。なんと、シナ兵が大通りで唾を吐いたのだ。

台南市は綺麗な町である。朝早くから掃除夫が大道りを掃く。しばらくすると撒水車が通りに水を撒くのだ。

台湾人には地べたに痰や唾を吐く人はおらず、生徒たちは小学生から大学生まで誰一人としてそのような場面を見た事がなかったので、「おおー」という驚きの声が響き渡った。

学生一同、雑誌『少年倶楽部』に載っていた漫画「のらくろ上等兵」に登場するシナ兵さながらの光景に、驚きと共に侮蔑心、軽蔑心が湧いてきた。

「『チャンコロ』とはよく言ったもんだ」

「嗚呼、日本人は絶対にあんな仕草をしなかったな」

「チャンコロは汚い」

「あんな事したら爪はじきにされるよ」

「本当に不衛生だな」

歓迎会に参加した学生たちは口々にこのようなことを呟き、一躍、不潔な乞食兵隊の審査員になってしまった。

だが、豈図《あにはか》らんや。その刹那《せつな》から我々台湾人が地獄の門に近づいていようとは、誰一人思いもしなかった。

日増しに強くなる日本への思い

シナ兵が我々に与えた第一印象は「シナ人は汚い。不衛生至極だ」ということだった。

日本や英国の教育を受けた当時の台湾人は、「衛生」という言葉が身についていた。日本の教育を受けたデコたち台湾人は、シナ兵を見た時から強烈に、過ぎ去りし日本時代が恋しくなってきた。

そして、台湾の人たちが事ある毎に口にするようになったのは「日本時代はこうだった。ああ、過ぎし日はよかったな」の声だった。

日本に対する思いは日増しに強くなる一方だったが、思えば思うほど、日本が遠くなって行くのはなぜだろう。

ああ、日本時代！　なぜに消えてくれた…。

否、なぜに台湾を捨てたのか？

母国日本に捨てられた台湾は、世界の孤児になってしまった。

台湾に逃げ込んで来たシナ人に統治されてから、台湾の全てが変わってしまった。中学一年の時から授業は中国語になった。しかし、私たち中学一年生が分かるのは、台湾語と日本語、それに英国人やカナダ人の先生が教えてくれた初歩の英語を少しだけだった。

間もなく国民党政府から「日本語も台湾語も話すことはまかりならん。必ず中国の言葉、母国語でなければならない」とのお達しがきた。

困ったのは学生だけではない。先生方もイギリス人の先生を始め、日本留学の先生がほとんどで英語と日本語、台湾語しか話せなかった。

しかし、その後、政府が派遣したのかは分からないが、北京大学から日本語が話せる劉《りゅう》先生という歴史の先生と地理の龔《きょう》先生が来た。学生たちはほっと胸を撫で下ろした。

長榮高等女学校入学

戦時中の空襲のため、希望していた台南一高女は受験できなかったが、デコは長榮高等女学校に進学し、初中（中学校）から待望の高中（高等学校）へと進学することができた。長榮高等女学校は、英国の長老教会に属す私立の学校であったので、学費は一般の公立の女学校よりもずっと高く、入学するのには多額の費用が掛かる。

また、その頃は男尊女卑の考えがまだ随分社会に残っていたのに加えて、父が豆かす購入の失敗で全財産を失ってしまうという厳しい状況だった。

「女の子は文字が読める程度で十分。高中に行く必要がない」と母は反対したが、デコはそれに逆らって、長榮高等女学校から届いた入学の知らせを父に見せた。

入学金は父がくれたお小遣いとゴムまり工場のアルバイトで貯めたお金で払うと言ったら、父は「お前のお金は残しておきなさい」と、黙って入学金を渡してくれた。アルバイトで貯めたお金は、欲しいと思っていた筆入れを買うのに使った。

お金に無頓着だったデコは、この時、現実の世界は金銭が無ければ一歩も前に進め

長榮高等女学校の初中（中学）２年生の時。学校の裏庭で愛用の自転車と共に。

ないことを知り、お金がどれだけ大切なものであるかを初めて知った。父が渡してくれたお金に、目が潤んで映るものがぼやけて見えた。

翌日、父から頂いたお金と入学通知書を鞄に入れて登校。初中（中学）で一緒だったバレー部の人たちは、一人欠かさず一緒に高中（高校）の教室に集まった。

初中まではA、B、Cと三クラスあったものが、高中で集まって来た人数を見ると一クラス分しかなかった。高中は一年生から三年生まで各一クラスで、全校で三クラスしかなかった。

校長先生は後に英国留学をなさった劉先生、副校長は確か京都の同志社大学を出た簫《しょう》先生、英語の先生は英国人のミス・ビーティであった。

若い劉先生との想い出

デコたちが高中一年（高校一年）に上がった時、校長先生の弟の劉先生が担任になられた。

その頃、それまで私たちに英語を教えてくれたカナダからいらしたミス・ビーティは台湾人より綺麗な品のいい台湾語を話される先生だったが、急に体の具合が悪くなり、長榮中学や長榮女子中学と同じ長老教会に属する新楼病院で検査を受けたところ、癌の末期だと診断され、急遽カナダに帰国された。

そこで、英国から新しい先生が来るまで、若い劉先生がしばらくの間、私たちに英語と代数を教えてくれることになった。兄弟二人とも劉先生なので二人のうち、どっちを呼んでいるのか分からなくなる。そこで、若い方の劉先生をこれから「Young Liu」と呼んだらという班長の思いつきにクラスの全員が賛成した。

お坊ちゃま育ちの Young Liu は優しく、決して大きな声で怒鳴ったりしない。学生が理解できない所は、理解できるまで根気よく説明してくれた。

そんな優しくて真面目な劉先生には、意外な一面があった。自分のクラスのバレーボール部が他のクラスと試合をする時は、どうしても自分が審判の席に座ると言って審判を務めるのだが、ルールを知らないのか、自分のクラスのミスでも相手の落ち度だと言って自分のクラスのチームに旗を揚げ、自分のクラスのチームの勝ちにしてしまうのだ。

こちらのチームの前衛センターが「相手の勝ちです」と言い、相手側も「こっちの勝ちです」と言うと、劉先生は「えっ！　そうか！」と言って慌てて相手チームの旗を揚げる。それが可笑しくてバレーボールの試合の時は笑い声が絶えなかった。

中国兵の機関銃乱射で殺された多くの台湾人学生

その担任の劉先生には、こんな過去があった。

劉先生は日本に留学していたが、終戦後、台湾に帰って来て台北のある大学にいた。

ある日、シナから来た国民党政府が、軍隊名義で「台北の円山公園で会議を行なう。台北市の高等学校以上、大学の男子学生たちは全員集合せよ」との通知を出した。幼い時の病気で片手と片足が多少不自由であった劉先生は、その会議に参加することができず、一人宿舎に残っていた。

ところが、正午を少し回った頃、その会議に集まった台湾人の学生のほとんどが、中国兵の機関銃の乱射で殺されてしまった。

「円山の式典に参加した多くの学生たちが、どういうことか一人残らず中国兵の機関銃乱射で撃ち殺され、麓を流れる淡水河の川面は学生の死骸で埋まってしまった」という話は、あっという間に広まっていった。

現場を見た人は余りの残酷さに驚き、これが「母国の許に戻れよ」と言う人間のやる事かと驚きと憎しみが重なって涙を拭いたと聞く。学生たちは、一体どんな罪を犯したのだろう…。

中国人とはかくも残忍なのか。人間とは思えぬような惨《むご》い仕打ちを見て、台湾人は心の底から憤りを感じた。

しかし、手に寸鉄を持たない台湾人は、反抗できなかった。

この話を人づてに聞いた劉先生は、余りの恐ろしさに気が動転し、早く逃げないと殺されてしまうかも知れないと、深夜、車を貸し切りで台北から台南まで帰って来た。

昨日まで仲良く語り合い行動を共にしていた朋友が、一夜にしてこの世から全員消えてしまったという事実に、若い劉先生は計り知れないショックを受け、呆然となってしばらくの間、何も手につかずノイローゼ気味になってしまわれたという。

チャップスイ（雑炊）社会の出現

今まで意志の疎通を日本語と台湾語で行っていた台湾に、中国人が入り込んで来た途端、社会が一変してしまった。

それまで聞いたことのなかった言葉が飛び交い混じり合い、まるで言葉の「チャップスイ社会」になってしまった。

チャップスイというのは、雑炊のことで、こんな逸話が残っている。

清が1895年の日清戦争で敗北した後、李鴻章が催した外国の国賓との宴会に、コック長が腕を振るって料理を作った。だが、肝心要の主役である国の代表・李鴻章が時間になっても現れない。時間は刻一刻と過ぎてゆく。せっかく名コック長が腕を振るって作った料理が冷え切った頃になって、ようやく李鴻章が姿を現した。

慌てたコック長は全部の料理を一つの大鍋に投じて温めて食べさせた。すると、その美味しさに来客たちは驚き、コック長に「これは何料理ですか？　今まで食べた中国料理でこんな美味しい料理を食べたことがない」と口を揃えて褒《ほ》め讃《たた》えた。

コック長はまさか李鴻章が時間を守らなかったため、冷え切った料理を外国の来賓に出せないと、腹立ちまぎれに全部の料理を大鍋にぶち込んで温めて出したとは言えず、「はい、これはチャプスイ（雑炊）と言います」と答えたという。

チャップスイという雑多なものを一つの大鍋に入れて煮る家庭料理が、一躍美味しい名料理の仲間入りを果たしたという。

この話は、北京から来た北京大学卒の歴史の劉震東先生が、昔の中国人の時間に対するルーズな性格を批判して話したエピソードである。

このチャップスイのように、戦後の台湾は一歩外へ出たら、多種多様の異なる言葉が雑多に交じり合い、優雅な台湾語がいつの間にか忘れられてしまった。台湾人は、混ぜ合わさった「言葉の雑炊」の中で泳がされるようになった。

今は少なくなったが、以前は台湾語と日本語や中国語と台湾語を混ぜこぜで話している人が多くいた。

そうかと思えば、急に英語を挟んで話し合うのも耳に飛び込んでくる。英語を話している人たちを見ると、決して若い人ではないのに驚かされる。

また、台湾語は台湾の北部と南部では多少異なるので、どの辺の人なのか、町の人なのか田舎の人なのかを判断することができる。

戦前は当たり前に使われていた台湾語と日本語が、一転して中国語、英語、地方の客家語、さらに十六族の原住民の言葉など、二十を超える言葉に埋もれるようになってしまった。

台湾語を話してムチで叩かれた小学生

英国から派遣されて来たミス・ムーディは、丸顔で眼鏡をかけた若い先生だった。そのミス・ムーディが台湾に来て間もない時に言っていたが、台湾語は非常に難しい。なぜなら、中国語は四音声だが台湾語には八音声もあり、一音でも間違ったら大変なことになってしまう。

例えば、「そうです」を意味する「是（し）」は、音声を間違えると「死」になってしまう。終戦後から公の場ではできるだけ中国語を話すようにと言われ、中国語以外の言葉は禁じられるようになってしまった。

しかし、デコたちは自然に口から日本語が出てしまい、中国人から異様な目で睨《にら》まれ「日本鬼子《リーベンクイズ》」とけなされるようになってしまった。

ターゲットは小学生にまで向けられた。台湾人の小学生が、友人同士、台湾語で話していたのを中国人の教師が聞いて、二人を教室に引っ張り込み、ムチで掌が赤くなるまで叩き、罰金五十銭を払わせると言った。

当時の台湾人は小学生に小遣いを持たせる習慣がなかったので、小学生が「お金がない」と言ったところ、「明日持って来い」と言われたという。

その話を聞いたデコの家の近所の人たちは首を捻った。自国語で話しただけで叩かれ、罰金を取られるなんて有史以来耳にしたことが無いと。デコは、「教師がお金に困って、金を巻き上げているのではないか？」と陰で噂をしていたのを耳にしたこともあった。

なぜ台湾人が台湾の言葉を使ってはいけないのか？

一つの国の言葉を習うのは、一朝一夕にできるものではない。彼らの国に行けば、例えば福州では先生も生徒も福州の言葉で教えたり教えられたりしているのに、なぜ台湾では台湾語を使ってはいけないのか、まるっきり訳が分からない。

台湾という国に来たからには、彼ら中国人が台湾語を習えばよいものをと言いたくなる。

言葉というものは、人間の環境や必要に応じて自然に覚えていくものであると思

母校である長榮高等女学校の中庭で学生時代を偲ぶ著者（2002 年 8 月）。

う。しかも、習い初めの間は、ややもすれば考えている言葉が、口から出て来なかったり、とんでもない意味合いに聞こえてしまう場合もある。それを何日もかけて親切に直してあげることが、先生としては当たり前ではなかろうか。

台湾人に中国語を国語だと押し付けているのに、外来政府が派遣した中学校の公民の先生は真剣な顔で「キャーテン　クオーミン　プラースエイ　コキャー　チュープーフエイ　キヤン」と地方訛りのきつい中国語で学生たちをまごつかせていた。

言葉の壁が引き起こした笑い話

終戦後間もなく、台湾には戒厳令が敷かれ、時折、予告もなしに銃剣を持った中国兵が家宅捜査と言って家の中を探り調べることがあちこちで起きた。

中国兵は、畳であろうが綺麗に拭いたばかりの床であろうが、遠慮会釈なしに土足で入って来る。

ある時、台南で日本式の家に住んでいた台湾人の家に中国兵が家宅捜査だと土足のまま入ろうとした。

ちょうど拭いたばかりの畳に土足で入ろうとするのを見て、慌てた女主人が靴を指さし、中国語で「等一下！　請你脱 kutu（kutu を脱いでください）」と言った。靴を中国語で何と言っていいか知らなかったので日本語で〝kutu〟と言ったことで相手の中国兵はびっくりしてしまった。そして、「什麽？　我是来捜査你家的、為什麻要我脱褲子《クーツ》？（なんだと？　俺は家宅捜査に来たんだ。なんで褲子〈ズボン〉を脱がなければならないのか？）」と腹を立てて帰って行ったという。

このような言葉の行き違いで怒りや誤解を招く事が頻発した時代だった。この様なちゃんぽん語で誤解曲解し、人々が怒鳴り合う姿やお腹を抱えて笑い転げる姿をあちこちで目にした。

実に他国の言葉は難しく習い難いが、言葉は複雑な人間の社会において必要欠くべからざる武器でもあり宝でもあるように思う。

台湾人の反抗を恐れた蔣介石

国共内戦に敗れた国民党の親玉・蔣介石は、部下を連れてほうほうの態《てい》で海南島へ逃げ、乞食のような軍勢を先に台湾に送り込んできた。

国民党は、中国の各地から農村の若者や道行く人を狩り集め軍隊に入れたと聞くが、乞食同様の雑兵軍勢を先に送って来たのは、恐らく、五十年間も日本に統治された台湾人が反抗するのではないかという懸念があったからだと思われる。あるいは、万が一、台湾人が反抗した場合、この雑兵軍勢を捨て石にするつもりであったのかもしれない。

親玉が台湾に入ってきて間もなく、全国の我々台湾の学生に音楽の時間に「保衛大臺灣、保衛大臺灣、保衛民族復新的聖地、保衛国土……我門以経無処後退只有勇敢向前（台湾を守ろう、台湾を守ろう、民族復興の聖地である国土を守ろう……我々にはもはや逃げ場がない）」を、まだスムーズに中国語を話せない学生たちに歌わせた。

しかし彼らは、自分たちの同族と銃剣を持って、中国の王座を奪い合う殺し合いをしているのであって、我々台湾人に何の関係があるのだろう？

彼らはこの時から台湾を自分の領土にしてしまったが、過去、一旦日本に負けた清が切って捨てた台湾は、既に日本のものであって、もはや中国には属していないのだ。日本は台湾における権利、権限を放棄しただけで、台湾をどの国に渡すとは明記していなかったはずだ。権利を放棄することは、独立させるという意味になるのではないだろうか？

この台湾の二五〇倍以上の面積を有する中国は、その当時、四億の人口があり、四億の人口の間でも互いに聞いて分からない言葉も多くある。なぜなら中国という国は宗教も習慣も言葉も全く異なる人種、異なる民族の集合体であり、武力でもって勝ちえた多種多様の異民族の集まりでできた国であるため、統治する人間の変転が絶え間ない。人種、風俗、習慣、言語が異なる民族の固まり合う社会は、見るもの、感じるもの、思想も異なり、同じ歩調で歩けないから、どうしても内乱が起きてしまうのではないかと思う。

中国語に全く通じない会話を意味する「鶏同鴨講」という言葉があるが、お互いに意味が分からない言葉で競り合うと、遂に喧嘩沙汰になってしまう。

中国は北京、上海、杭州、蘇州、福建、広東、蒙古、チベットなどで話される言葉に加え、各地方の少数民族の言語があり、互いに思想、風俗習慣の異なる異人種の寄り集まった国であるので、国民は何代も昔から絶えることなく外敵内乱の攪拌機《かくはんき》の中に引きずり置かれ、統治する者の息のかかった人間以外は、動物同様の扱いをされる。統治者に反対したり、不満を口にすれば、たちまち消されてしまうという権力の乱用が、今でもテレビの画面に映って見える。

終戦後も必死に頑張っていた高砂族の兵隊

終戦後、台湾山脈の奥に住む原住民の部落に行った時、原住民の言葉を知らなくても日本語さえ話せたら、通訳がいなくても全然心配はいらなかった。なぜなら日本政府は交通の便の悪い山の中にも小学校を設け、現住民も日本人も一緒に勉強させ、日本語学習の環境を作り、時間をかけて自然に日本語で交流できる機会を与えたからだ。

語学を教えるには、忍耐強く時間をかけて教えることだけであろう。日本統治前、台湾に住む原住民の各部族は、言語、風俗習慣、宗教が異なり、互いに意志の疎通ができなかった。そのため、事ある毎に互いに鋭い蕃刀で殺し合いをしていたが、日本語で意志の疎通ができるようになったお蔭で、それまでのように誤解を招くことがなくなり、互いに信じ合えるようになった。そして、幾代も前から続いてきた喧嘩、闘争が少なくなっただけでなく、終には、喧嘩、闘争がなくなった。

その証拠に、大東亜戦争が起きた時、互いに日本語で意志の疎通ができるようになった原住民で組織した勇壮な台湾軍勢（高砂《たかさご》義勇隊）は、国を守るため死を決して南方に赴き、マレー、ルソン、ボルネオなどで、相次ぎ素晴らしい戦果を上げた。台湾の原住民たちが声高らかに軍歌を歌って出征し戦場に向かったことは、日本の国民にはほとんど知られていないだろう。

戦後、経済成長に恵まれた日本人は、日本のために二度と取り戻すことができない己の青春を犠牲にして死ぬまで日本を守ろうとした台湾の高砂族をなんと思われていただろうか？

豊かになった日本人は、この人たちに対する「感謝」どころか、「あいつらは馬鹿なやつだ」と思っている人がなきしにもあらず、と言う人もいるが、まさかそんなことはあるまい。

日本語のお蔭で山の原住民は、平地の南北に住む台湾人とも意志の疎通ができるようになっていた。

デコが小学校に上がる前には、山に住む原住民が山で採れた珍しい産物や漢方の薬剤などを売りに平地に来ていた。原住民が売りにきた物を一度買うと、山から下りる度にデコの家に来るようになり、目新しいものを母に説明しては勧める。このように平地に住む人たちと高砂族（日本統治時代に名付けた名称）との交流は日本語で充分であったのだ。

日本時代に時を戻した原住民の挙動

デコが高中卒業前の旅行で台中州の霧社《むしゃ》に行った時、山の麓の道の両脇に田んぼがあり、なんと日本の軍服を着て戦闘帽を被り鍬《くわ》で除草作業をしている二人の原住民がいた。案内をしてくれていた牧師さんはこの二人とよく知り合っていたようで、二人に向かって「山田！」と声を掛けた。牧師さんの声を聞いた二人は顔を上げ、牧師さんだと分かると慌てて鍬を捨て、直立不動の姿勢で「はいっ！」と挙手の敬礼をした。

双方の会話は日本語であった。

「今年の作はどうだ？」と牧師さんが尋ねると、山田と呼ばれた人が、

「はい、去年より良さそうです」

「そうか、ご苦労だな。頑張れよ！」

「はい！　有難うございます」

デコは、このやり取りに、一瞬、乗っていたタイムカプセルが逆転したような感じ

を覚え、頭の中に過去の思い出のフィルムが忽然と浮かび上がった。

受験で乗った汽車のステップから、デコが落ちる直前に自らの危険も顧みず助けてくれた名も知らぬ日本の将校さん。

道端で手を挙げれば「また君か…」と言いながらも、必ずトラックに乗せてくれた日本の兵隊さん。

毎日デコの家に来て、お食事を一緒に頂き、満腹になったお腹をさすって「お母さん、有難う」と頭を下げて帰った衛生隊の兵隊さんたち。

「喜美《きみ》ちゃん（私の日本名が喜美子だったのでこう呼ばれることもあった）、ご家族の皆さんの後でいいからお風呂を使わせてほしいってお父さんにお願いしてくれる?」と言った渡辺伍長、小林伍長ら十人近くの衛生兵の皆さん。

終戦後、母を囲んで頭を下げて、「僕たちは日本に戻りたくない。お母さんの子にしてください。このまま台湾にいさせてください」と何度もお願いし、涙で顔を濡らした兵隊さんたち。

懐かしい想い出が、走馬灯のように浮かんでは、消えていく。そして、頭の片隅に

「昔はよかったな」の言葉が浮かび、さっと消え去った。

罪の無い台湾人がなぜ殺されなければならなかったのか

デコが高中を卒業する迄の間、国民党統治下で法令がどんどん変えられていった。戒厳令はなお厳しくなり、台湾での法令更新のほとんどが、中国での国内戦に敗北して逃亡して来た人たちに有利なように変えられていったが、その後で、台湾人虐めが始まると共に台湾人有識者殺しが始まった。

学生、多くの弁護士や医者、技師が殺された。丸腰の台湾人に共産党員というレッテルを貼り、次々と投獄し、残酷な刑で虐めた後、銃殺するという恐ろしい社会になってしまった。

罪が無い人が殺されていくのを見せて、台湾人の心に恐怖を植えつける一方、台湾人虐めが国外に知られないように、三十八年間にも亘る戒厳令を敷き、鎖国政策を取り、台湾人が国外に行けないようにした。

彼らの同族である共産党との戦いに負けに負け潰された恨みを、台湾人の身の上に置き換え、台湾人を敵とみなしたのか、共産党員だという無実の罪を着せ、台湾人の若者、有識の学生、外国で教鞭をとる台湾人の博士、大学教授たち、将来性のある大学生たちを刑場に連れて行き殺していった。

台湾人にしてみると、なぜ殺されなくてはならなかったのか、今でも不可解な謎のままである。

浮かんでは消える平和な昔への想い

さらに酷いことに、台湾人が使っていた日本の紙幣四万円を新台湾元の一元にして、台湾人の財布を空っぽにしてしまった。どこにこんな泥棒猫のようなやり方で、国民が汗水流して貯めた財産を巻き上げる政府があるだろうか。

政府自体が詐欺、騙《かた》り、横領の手段で人民の財産を巻き上げるのは、世界でも、China以外に二つとないだろう。

台湾人は彼らを住まわせ、食料を取られ、さらに税金を払わされた。それまでならまだ我慢できるが、台湾人が汗水たらして努力し、贅沢せずに貯めたお金を手品師のように、四万円を一枚の印刷した価値のない紙きれ（一元）と取り換えたのは、一体どう説明するのか。

当時の台湾人は、武器の「ブ」も持たないまな板の上の魚のように、国民党という料理人の包丁で切られても逃れる術《すべ》がないままであった。

満懐の恨みを飲み込み、頭の中に浮かんでは消える平和な昔に戻りたいという夢は、残念にも過ぎ行く時間と共に段々と陽炎《かげろう》のように消えてしまった。

もはや昔に戻る術がないのは明白になった。

過ぎ去った昔の思い出が頭に浮かぶ時、なぜか菊池寛先生執筆の新女大学という本に記されていた静御前《しずかごぜん》が舞い歌った
…しづやしづ　しづのをだまき繰り返し　昔を今になすよしもがな…

という言葉がポッコリと頭に浮かんでは、瞬時に消えていく。

意味合いは全く異なるが、言葉の一字一句に、もはや昔に戻れない悔しさ、悲しさ、恨めしさを覚えるのである。

住み心地が悪くなった台湾

現実は残念ながら、外出するにも夜寝る時も、鍵を掛けなくても安心できた平和で美しい島、フォルモサ台湾には、もはや戻れないのだ。

親を失った孤児同様、どんなに悲しくても苦しくても嘆いても親鳥のように羽を広げて守ってくれるもの、優しく手を差し伸べて慰めてくれる人もおらず、時折、砕け散った昔の思い出のかけらを拾い集めては、溜息とともに吹き散らす。

あーあ！　勿忘草《わすれなぐさ》は空の色。勿忘草を摘み拾い集め重ねても、再び過ぎ去った過去は永久に戻って来ない。心に「あ、き、ら、め」と何度書いても、諦め切れない。

明日を迎えたら、今日という時は空になる。しかし、今という苦しみ、悲しみ、嘆き、恐怖に慄《おのの》く時はいつ終わる？　平和で幸せな楽しい過去の台湾にいつ戻れるのか。なぜ台湾人は他国の人間に、軒下を貸して母屋を取られたのみならず、親戚縁者、友人が罪もないのに殺されなければならなかったのか？　台湾人は、なぜかくも恐ろしい惨酷極まる人種の手に渡されたのか？

いつこの業から離れることができるのか？　この時期の台湾人には、明日の運命は暗黒の向こうに続いていて、いつ明るい日の光を迎えるのか知ることができなかった。終戦後から五十年余りの間、台湾という孤児は、レ・ミゼラブルの中に描写されている孤児よりもずっと憐れだった。

レ・ミゼラブルの孤児には、彼らを労わり愛するジャン・バルジャンがいたが、ああ！　無情なるかな。切られても、揉み砕かれても手を差し伸べてかばってくれる人が無い台湾という親なき子を、見向いてくれる人は東西南北を見回しても見当たらず、ただ、荒波吼える太平洋に浮き沈む一葉の木の葉舟となって、生かすも殺すも、自国の戦いに惨敗して逃げ場を失い、アメリカのお情けにすがってようやく台湾の土地を踏んだ鬼畜同様の人たちの思うようにされなければならないとは、神様以外に知る人がいなかった。

このように訳の分からない外来政府の圧政の中で生きていかなければならない台湾人は、自由を失っただけでなく、経済の委縮に加えて、始終見えない目で監視されている雰囲気の下で、一日を過ごすような住み心地の悪い社会になってしまった。

父の愛情と尊い教え

封建思想の洗礼を受け男尊女卑の風習を頭に被った女親たちは、自分でもこの風習は不当だと思ってはいても、女の子は大きくなったら確かに他人の物になってしまう。他人の物になる女の子には、何もお金を出してまで学校に行かせる必要はないという社会の中で、デコの両親、特に父は何も言わずに学校に行かせてくれた。その恩は今でも忘れられない。

「父ちゃん、有難う」

当時、学期の終わりになると、学校では台湾の名所旧跡に連れて行ってくれた。名所旧跡を回る度に、自ずと過去の歴史が浮かび上がり、過去の人間の苦労、努力、知恵にわずかながらも触れることができる。

高中一年の時は、有名な温泉地の関仔嶺（現在の関子嶺）に行った。そこで温泉の水が溜まる池の水面に今なお噴火を続けている水火洞を見ることができる。大東亜戦争が勃発した時、関仔嶺に駐屯していた日本軍が台湾全島に灯火管制令を敷いているのに、こんなところにチロチロと火が燃えているのを見られたらきっと標的にされるだろう。どうすればよいのかと思案に暮れたが、いくら考えても名案が浮かばない。

その時、誰かがセメントで覆い被せる以外に方法はないだろうと言うと、全員その方法以外にはないという結論になり、急ぎトラックで高雄からセメントを運び、水火洞の火を埋めて消してしまった。

ところが、どの位経ったか忘れてしまったが、ある日、大きな爆発音と共に地震を感じた。なんと、セメントを被せた水火洞が爆発したのだ。

この報に接した父の友人たちが、デコの家に集まって来て、「なんという事だ?」「誰が提案したのか?」「馬鹿にもほどがある。なんで水火洞をコンクリートで止めたのか?」「人間が息を吸い息を吐くように、火山の噴火は余計な地熱を外に出す素晴らしい自然の計らいであるのを、なんで自然の法則を人類が壊すのか。教える人がなかったのかな?」「頭が悪いな」などと口々に批判の言葉を交わしていた。


その時代の女子高・中学校の学期末の旅行の交通機関は、遠く離れている他の州に行く場合は台湾の北から南に走る汽車の鈍行を利用し、目的地近くの駅に着いたら、後はトラックを利用する以外に方法はなかった。

現在のように卒業旅行というと、夏はクーラー付き、冬は暖房付きの豪華な大型バスを利用することなどできなかった。行く先々で御馳走をお腹一杯詰め込み、後はゆっくりと温泉につかるなどといったことは夢のまた夢であった。

ところが、現代の人は、こんな幸せな世の中にいても不満を漏らす。そんな人を見ると、デコはなぜか気の毒になってしまう。こういう人間は、たとえ金の山、銀の山を獲得しても満足をせず、もっともっとさらに多くを欲するであろう。

反対に、ご飯を頂けるだけでも神に感謝し満足する人間は、どんな時でも幸せに浴することができる。

父が常に教えてくれた「満足を知る者には幸せの神がついてくる」という言葉を思い出す。

高中の修学旅行で霧社へ

七十年程前、高中の修学旅行で霧社に行った時のことだった。霧社は「霧社事件」で有名な所であった。山道はまだデコボコして整備されておらず、道路の亀裂には二枚の岩を渡してあり、その上を人間だけでなくトラックも渡る。トラックの運転手は山の原住民が多かったが、トラックの車輪をうまくその岩の上に乗せて走ることに余程慣れていないと、崖の下の川に落ちてしまう。

デコたちは屋根のないトラックの荷台に長椅子を並べて座った。デコは背丈が低かったため一番前の列の右端の席に座った。右手はトラックの囲い板を掴み、左手は椅子を掴むことができた。しかし、両端の人以外は、揺れを防ぐためには、座っている椅子を強く握るしかなかった。

トラックが随分とスピードを落としたので、そっと立ち上がって下を覗いて見たところ、すごく深い谷の上に二枚の平らな岩を置き、その上をトラックが注意深く徐行している光景が目に映った。デコは、あまりの恐ろしさに慌てて座り込み、しかっと椅子を掴んだ。

小鳥のようにぺちゃくちゃおしゃべりをしていたクラスメートたちも、あまりの谷の深さに驚き怯えてか、急におしゃべりをやめて静かになった。すると、突然誰かが小さい声で祈りを捧げるように、学校の朝会で歌う讃美歌を歌い出した。

「主よ御手《みて》もて引かせ給え。ただ我が主の道を歩まん。如何に暗く険しくとも、御旨ならば我厭《いと》わじ」

恐ろしい時の神頼みとでもいうのか、あまりの緊張から、聞こえるか聞こえないか位の声で、神様に縋《すが》り付く切ない想いで歌い出したところ、一人又一人と続き、最後には全員が謙虚な祈りを込めて声を揃えて歌っていた。

トラックはゆっくりゆっくり移動し続ける。

祈りの言葉はなおも続く。「力頼み、知恵に任せ、吾と道を選びとらじ。行く手はただ、主の意のままに委ねまつり、正しくゆかん」

突然、ゴトンとタイヤが向こう側の道に渡り着いた音がした。遂に恐ろしい難関を越えたのだ。皆、「わっ」と歓声を上げ、自然の風景を見ながら、再びおしゃべりを始めた。

しかし、次の危険な場所を目にすると、また静かになり、主であるイエス様に祈りを込めて讃美歌を歌い出す。何回かこのような危険をくぐり抜け、ようやく目的地に到着した。

「霧社事件」悲劇の背後にある物語

案内してくれた牧師さんは、先ず「霧社事件」が起きた現場に案内してくれた。そして、霧社事件について説明をしてくれた。霧社事件は、デコが生まれる二年前に発生した事件だったが、牧師さんは私たちよりもずっと年がいった方だった。

霧社事件の主人公とも言うべき原住民のタイヤル族一派であったセデック族の酋長《しゅうちょう》・莫那魯道（モーナ・ルダオ）と日本の警察との間には摩擦があった。偉ぶった日本の警察は、和解を求める酋長・莫那魯道の願いを幾度も却下したのみならず、セデック族への過酷な労役を緩和しなかった。

そのため、自尊心の強いセデック族の日本の警察に対する不満と怒りは、日を重ねるにつれて大きくなり、遂に爆発点に到ったという。

この事件では、警察官となったセデック族の青年、花岡一郎（ダッキス・ノービン）と花岡二郎（ダッキス・ナウイ）という二人の悲劇がよく知られている。日本の警察官とセデック族という立場の板挟みになった二人は、事件発生後に和服姿で自決を選んでしまったのだ。

山に生まれ山で育ち、日本人の子供と机を並べて教育を受け、師範学校を卒業した花岡一郎は巡査になり、小学校を出て警手（巡査の下役）になった花岡二郎とは兄弟の義を結んだ仲であった。

台湾の中央を北から南に繋がる切り立った連峰に囲まれた環境で育った原住民たちは、無形の神の恵みと祝福を得て、生まれ落ちた時から、その自然環境に堪える事ができる体力と知恵を与え給われたかのように、険しい岸壁をターザンのように簡単に駆け回ることができた。

昭和５年10月27日、莫那魯道率いるセデック族の胸に溜めていた鬱憤《うっぷん》と怒りが爆発した。この日、日本人が小学校で運動会を開いたのだが、莫那魯道たちは国旗掲揚と国歌斉唱を合図に会場へと突入し、日本人１３２人を殺害した。

それから吊り橋と電話線を切断して日本人が外部と連絡するのを遮断し、警察の銃と弾薬を奪った。この事件は台湾全土に住む人々を驚愕の坩堝《るつぼ》に追い込んだという。

日本人は、軍隊、警察、軍卒四千人あまりで反撃したが、犯人たちがどこに隠れたかなかなか知りようがなかったという。

牧師さんは後で聞いた話として、軍隊と警察が攻め込んで来たと知った時、犯人たちは、昼間は岸壁のへっこんだ空洞に身を隠し、夜になると姿を現し、日本の見張りの衛兵の頭を後ろから蕃刀ではねて、再び空洞の中の隠れ家に戻って行ったと説明してくれた。日本の兵隊は、切り立った山肌を移動する訓練を受けていないことに加え、原住民とは違い、夜目が利かないため、夜の歩哨《ほしょう》に立った多くの衛兵が犠牲になるのは無理のないことだったという。

その話を聞いていると、デコは人の首を狩る原住民というのは、雑誌で見るような忍びの術で空を蹴り歩む、忍者のように思えた。

その後、霧社事件の主人公とも言うべき酋長の莫那魯道の家、花岡一郎と花岡二郎の住んでいたという家に案内してくれた。それから日本軍と原住民とが対峙し、多くの日本兵が犠牲なった場所、花岡一郎、花岡二郎が隠れた場所と二人が自決した場所を案内してくれた。

牧師さんは、新聞では自決したと報道された花岡一郎と花岡二郎だが、実は仲間と一緒に険しい山肌の大きく窪んだ洞窟に隠れていて、彼らをなかなか見つけられなかった日本軍がしびれを切らして、毒ガス弾で殺した説の方が事実に近いであろうと言った。

そして、そこから少し離れた桜並木がずらりと植わっているところに案内してくれた。毒ガスで殺された人たちの家族、妻、子供たちは首を括って死んだという。実に気の毒なことだ。その中には乳飲み子までもいたと説明していた牧師さんの顔は、悲しそうに歪んでいた。

この霧社事件で、原住民は６４４人が死亡したという。

高砂義勇隊の「天皇陛下、万歳！」

案内をしてくれた牧師さんが、続いて説明をしてくれた。当時、日本から来た土木建築の仕事をしている人たちは、口が悪く荒々しい人たちが多く、気に入らないと「馬鹿野郎」と言うのと同時に拳骨が左右に乱れ飛ぶこともあったかもしれないと。

それに対して、昔の台湾の原住民には、各部族に酋長がおり、部族ごとに異なる言語、独特の風俗、習慣や宗教があった。原住民は山でイノシシや鹿、野ウサギを狩猟していたが、酋長に対する尊敬の念は厚く、日本の警察が酋長の上に立ったことが自尊心の強い彼らに屈辱感を与えたことも霧社事件の原因の一つであったと。日本人に殴られた本人も、それを見ていた原住民も我慢ができなくなって抗日運動を起こし、恨みを晴らしたのではないかとも言っていた。

この事件の後、日本は少しずつ原住民に対する政策を改善し、互いに理解し合うことに努めた。日本からの開拓民が宜蘭《ぎらん》や花蓮港《かれんこう》に移民し、原住民に農業、稲作、野菜作りを教えるようになってから、それまでにあった摩擦が徐々に薄れていった。

そして、ついには日本人村が形成され、互いに意志の疎通ができるようになった。それまでは、野生の動物を食料としていた現住民が、耕して収穫した穀物や作物で腹を満たすようになってきた。

さらに、日本人が建設した中学、高校、大学で原住民も一緒に教育を受けることができるようになった。過去はどうあれ、台湾に住む人民が共に法規を守り、規律正しい和の心で一日一日を迎えることができたのは、上に立った人間の指導が良かったからだと言えよう。お蔭で台湾は、天が授けた東洋のオアシス、エデンの園に変貌したのである。

大東亜戦争の時に、国のために志願した多くの台湾人の中には、原住民も数多くいた。原住民で組織された「高砂義勇隊」は行く先々で、素晴らしい戦果を挙げたとデコの兄は言う。なぜなら、彼らは夜目が利くことに加え、山の中で食料となる動植物をよく知っていたので、食料に困ることがなかったからだ。

戦後三十年も過ぎた頃、戦争が終わった事を知らずに南洋の島で頑張っていた高砂義勇隊の兵隊が発見された。その兵隊が最初に口にした言葉は「天皇陛下、万歳！」だったという。実に天皇陛下に忠と誠を尽くした例と言えよう。

単純かつ率直な性格の原住民は、多少の行き違いがあったとしても、武力を行使することなく、うまく誘導しさえすれば、素晴らしい仕事をしたであろうと思う。そうすれば、反日、抗日運動も無かったのではないかと思う。

だが、日本の敗戦で、日本が台湾の統治権を放棄した後の台湾は一大変転を見せ、エデンの園から真っ逆さまに地獄の底の底、煉獄《れんごく》に嵌《は》まり込んでしまった。台湾人は、萎《しお》れた青菜のように、いつ日の目を見ることができるのかと、日々寄り合って慰め合う我慢の子となってしまった。

しかし、もしも中国国民党の政策が、日本よりもずっと良かったら、きっと台湾は台湾ではなくなり、国名までもが変わってしまったかも知れない。

中国人との交流

デコたちバレー部のグループは、いつも行動を共にしていた。

戦後、長いこと日本の映画は台湾で観ることはできなかったが、珍しく「青い山脈」という映画が来たというのでみんなで観に行った。杉葉子、若山セツ子らが出演した映画に惹かれて何回か観たが、間もなく、主題歌の〝若く明るい歌声に雪崩は消える

高校１年生頃、自転車で台南市から高雄県の大岡山まで遊びに行く。右から３番目が著者、４番目が著者の兄（楊應吟）。この頃、日本の映画「青い山脈」とその主題歌が流行っていた。

花も咲く、青い山脈雪割桜、空の果て今日も我らの夢を呼ぶ……〟が巷に聞こえてくるようになった。

年を取った人も一度は日本の空気を吸った若い人も、この歌声に薄らいでいく思い出を新たにしたのか、あちこちでこのメロディーが耳に入るようになった。

その頃、デコの家の前庭の大きな竜眼の樹に茶色の実がたくさんなって、風が吹くとゆらゆらとリズミカルに揺れ動くようになった。この竜眼の樹は、毎年花を咲かせ、実がなる。母は竜眼の実が熟れると使用人に収穫してもらい、それを隣近所に配っていた。

間もなく、通りの向かいに中国人の紀さん一家が引っ越してきた。紀さんは空軍第13航空隊のパイロットである。このパイロット夫婦（女の子一人と男の子一人の家族四人）と一緒に使用人の阿花さんが住んでいた。

阿花さんは、デコの家の竜眼の樹が珍しいのか、「実がなっているけど、何の樹ですか」と聞いてきた。竜眼だと答えたら「へえー、竜眼？　自分の故郷の杭州では竜眼は乾燥したもので、とても高くて中々手に入れることができない」と言っていた。

それを聞いた母が採り立ての竜眼を阿花さんにあげたところ、大喜びで持ち帰って行った。

間もなく、阿花さんが再びデコの家に来て、小さい手帳のようなものを出した。

「これは映画券。空軍で毎月一冊貰えるの。竜眼のお礼に、よかったら毎月差し上げる」と言って帰っていった。

阿花さんは、それから暇さえあれば、二人の子供を連れて遊びに来るようになった。

そして、毎月、映画券を持ってきてくれるので、いい映画が来たと聞くと、デコはバレー部のグループを誘って映画館の門をくぐった。

第四章　新しい出会いと始まり

大学行きの夢破れる

デコが高中三年に上がって間もなく、台中と台北に新しい大学ができた。二つの大学ができたのはいいが、急にできた大学が一体どういうものか一般人にはまだ理解されていなかったのと、大学が男女共学だと聞いて、一般の保守的な家庭では女の子を大学には行かせなかった。

当時は、七つになれば女の子は男の子と一緒に食事をすることさえ許されない時代だったので、男性と一緒に同じ教室で勉強することは絶対に許されるものではなかった。その上、家を離れて女の子一人でと考えただけでも親は許さないことが多かった。

このような事情から、新しい大学にとっては学生を集めるのは簡単ではなかった。そのため、二つの大学の学長が学校に勧誘に来て、「皆さん、ここに入学願書を持ってきています。私どもの学校に来てくれるなら、先に提出した十人は学費なしで受け入れましょう」と言ったので、デコはただで大学に行けるなら、自分も大学に行きたいと思い願書を頂いた。高中を卒業したら大学を受験しようと考え、父に相談したところ、父は頭を縦に振ってくれた。

デコはそれまでに貯めたお金と着替えの服を父が渡してくれた革のトランクに詰めて、台北に行く用意をした。台湾大学で勉学していた兄の高中の友人の広田氏も大いに賛成してくれて、台北に来て困難なことがあったら知らせてくれと、住所と電話番号を教えてくれたので、安心し大丈夫だろうと思っていた。

楽しかった三年間の学舎に「蛍の光」を歌って別れを告げた翌日、父に台北に行くことを告げた。

父は小声で「家からそうっと出るんだよ」と言った。どうやら母に知らせない方がいいらしい。母は「女の子は学問があっても他人の物になってしまう」といつも口癖のように言っていたので、父は「お母さんに知らせないで、そうっと駅に行けばいい」と言ってくれた。

ところが、トランクを持って出て行こうとしたところ、母が表で待ち構えていた。

「女の子が一人で台北に行く？　とんでもない！　女の子は読み書きができるだけでいいんだ。お金がかかるし。いつかは他人の物になるのに…。お前がこの門を跨《また》いだら、この杖《つえ》でその足を叩き折ってやるから！　それでもいいなら出てみな」

そう言う母が手にしていた杖を見て、デコは考えた。そして、母を怒らせるのも決していい事ではないと思い、トランクを部屋に戻し、声を押し殺して泣いた。泣くだけ泣いて、そのまま部屋に籠《こも》った。


母の言葉にデコは大学行きを諦めた。自分が貯めたお金では学費は払えないのだ。母は、兄のためならどんなに高価なものでも買ってあげたり、兄が大学に入れるようにお金を払って先生に頼んで補習をしてもらったり、兄一人で何倍もお金を使っても文句一つ言わないのに、何でこんなにも不公平なのだろう。

デコは思った。「ひょっとしたら私は母の子ではないのかも？」と。

そう思いつつ涙を拭き、明日から何をしようかと考えた。その日のお夕飯は、喉を通らなかった。

台南神学院の事務員に

翌日、兄の友人の広田氏が台北から帰って来た。広田氏は、デコの母が大学行きを反対したと聞いて「じゃあ、これから何をするの？」と聞く。「何をするのかまだ考えていない」と答えると、広田氏は「台南神学院で事務員が欲しいと聞いたから確かめてあげよう」と言ってくれた。

翌日、広田氏は朝早くからデコの家に来て「台南神学院に午後三時に面接に来るようにと言われたから、用意して待っててくれ。連れて行ってあげる」と言うと、そそくさと帰って行った。

面接を一度も経験したことがないデコは、何を準備すればよいのか全く見当がつかないまま着替えだけをして待っていた。迎えに来た広田氏に「面接ってどうすればいいの」と聞くと、「相手が聞くことに返事をすればいい」と言うので、どんなことを聞かれるのかなと考えながらついて行った。

台南神学院には歩いて三十分くらいで着いた。神学院の名前はよく聞いていたが、中に入ったことはなかった。

神学院の院長は、東大出身で有名な黄彰輝博士であった。事務室に入ると、その黄院長先生から色々聞かれたが、緊張しすぎて何を聞かれたかあまり覚えていない。ただ、院長先生の「明日から来てください」の一言は今でも鮮明に覚えている。

院長先生から「給料は月100元、仕事は会計係の陳主義牧師の奥さんが教えてくれる。そして、これは僕からのお願いですが、よろしかったら僕の二人の息子に中国語を教えてください」と言われ、デコは「ハイ」と答えて面接は終わった。

デコが神学院で働けることになったと聞き、広田氏は「よかったな。じゃあ、気を付けて帰りなさい」と帰って行った。

初めて受けた面接で緊張していたデコは、広田氏にお礼を言うのも忘れてしまった。

家に帰って父に「明日から神学院でお仕事する」と言うと、父は驚いて、

「えっ、決まったの？」

「うん、お給料は月１００元」

「いいじゃないか」と父は喜んでくれた。

神学院での初仕事

翌朝、お弁当を持って出勤した。しばらくして中年の女性が事務室に入って来た。きっとこの方が陳牧師の奥様だと思い「お早うございます」と挨拶をすると、やはり陳牧師の奥様で、「お早う。院長先生から聞きました。お仕事は会計の助手や学生の兵役延期の書類を作ったりする簡単なものです」と教えてくれた。

それだけならやれそうだと思い、指定された席に座った。

「あっ、そうそう。仕事は三時まで。三時から院長先生のお宅に行って、二人のお子さんに中国語を教えて欲しいと言われています」

この会計課長ともいうべき牧師夫人は、小柄で親切な方だった。後で聞いた話だが、ご主人の陳牧師はアメリカに留学中で、夫人との間に中学生の息子がいた。

デコが勤め始めた時、四年生がたったの四人、三年生が十人近く、二年生が二十人足らずで、新入生は三十人余りと急増したが、全校で八十人足らずの学院であった。

デコはなぜ学生が急増したのか不審に思ったが、在学証明があれば兵役が延期できることを思い出した。どうも急増した新入生の志望動機は、伝道に身を捧げることではなく、兵役を避けるためではないかと思った。

朝の礼拝に、新入生が物音を立てずに講堂に入った。デコも会計主任の陳牧師夫人の後について講堂に入った。

講堂の中には既に、英国人の宣教師であるモントゴメリ夫妻、Mr.シングルトン、ギリシャ語、ラテン語の教授たちが静かに座っていた。

咳一つない講堂で院長先生が壇上に立たれると礼拝が始まった。牧師夫人の弾くオルガンに合わせて讃美歌を歌い、歌い終わると全員静かに手を組み目を閉じる。

院長先生が「天にまします我らの神よ…」から始まり、祈りの言葉を続け、最後に「イエス・キリストの御名のもとに。アーメン」で御祈りが終わると、教義や教典に関わる説教が始まる。それらが終わると再び主イエス・キリストを褒め讃え、神に感謝する讃美歌を歌い、礼拝は終わった。

すると、院長先生が立ち上がり、院生全員に向かって「特に重要なことをお知らせします。今日から新しい事務員が来ました」とデコを紹介した。院生全員が一斉にデコに顔を向けた。余りにも突然なことに、デコは電気に触れたように驚いてしまい、慌てて立ち上がり頭を下げた。

事務室に戻った後、陳牧師夫人が早速仕事の内容を教えてくれた。

「神学院の経費は、台湾全島の教会から毎月決まった金額のお金が送られてきます。ほとんど毎日どこかの教会が送ってくるので、受け取ったら帳簿に書き入れ、このケースに入れて、送ってきた教会の住所と教会名を直ぐに礼状に書いて、この台南神学院のハンコを押して、この事務机の中の四角い箱の中に入れる。これは午後、家に帰る前に雑役《ざつえき》のKさんが郵便局に持って行って送る。後は神学生の兵役延長届けの書類の処理。そして午後、帰る前に一日の収益支出の帳簿を院長先生の家に持って行ってハンコを押してもらい、帳簿をこの棚の中に戻して、鍵を掛けて帰ってください」

この日から事務室には、生徒たちが「私も申請をしたい」「これをお願いします」などと大勢詰めかけて来た。デコにとっては初めての就職だったが、これが普通なのかと思い、学生に頼まれた事をできるだけこなした。

院長先生のお子さんに中国語を教える

会計の仕事は午後三時までで、三時から五時までは、院長先生のお宅で院長先生のお子さんのデイビッドとマイクに中国語を教えることになっていた。

この神学院は、英国の長老教会が台湾に創立した台湾で一番古い牧師の養成所である。赤レンガ二階建ての英国風建物の中庭には花壇があり、色とりどりの美しい花が咲き競う。その庭を雑役の丁さんが手入れをしている。この夢見るような雰囲気に囲まれた神学院の環境は、なぜか見る人に清らかな安らぎを与えた。

心底願っていた大学には行けなかったが、兄の友人の広田氏のお蔭で、この神学院で会計の仕事をなさる牧師夫人の助手としてお勤めできるようになったのは、きっと神の御取り計らいに違いないと、デコは感謝の念を新たにした。


日を重ねるうちに、緊張感が薄れ、仕事が段々面白くなってきた。

ある日、院長先生が事務室に来られて、「僕の家に来てお茶を飲みませんか」と言われた。「はい」と言って書類を机の引き出しに収め、事務室の鍵をかけて院長先生について行った。

神学校の門を出て小道を渡り、真っすぐ歩くと、英国風の大きな赤レンガの建物がある。その二階が院長先生のお住まいであった。階段を上がり応接間に通されると、英国人の奥様と息子のデイビッドとマイクがソファに座って待っていた。二人の男の子はとても可愛かった。

院長夫人がニコニコして迎えてくれた。六歳で来年一年生になるデイビッドは、馴れ馴れしくデコの傍に座ったが、四歳のマイクは母親の傍に座って、じーっとこっちを見ている。院長夫人から「コーヒーにしますか、お茶にしますか」と聞かれ、コーヒーよりもお茶に慣れているデコは「お茶を頂きます」と言った。

院長夫人が自ら紅茶を入れて、ミルクと角砂糖を目の前に置き、自分が手作りしたというケーキを出してくれた。しかし、他人の前で物を食べるのがあまり好きではなかったデコは、遠慮して手をつけなかった。

お茶を飲んだ後、院長夫人が二人の息子さんに「アンティ（デコはこう呼ばれていた）は明日からあなたたちに中国語を教えてくださる先生なのよ」と告げた。デイビッドは、お利口に頭を縦に振った。デイビッドは来年小学校に上がるというので、今から中国語を習わないと友達との付き合いに困難をきたすかもと心配しているようだと感じた。

院長先生に「お利口に勉強するんだよ」と言われ、「はい」と答えたデイビッドに、デコは中々聡明な感じを受けた。

院長先生は東大を卒業後、英国に行かれた方なので、台湾語、日本語、英語、中国語が話せた。デコとの会話は、日本語だった。院長先生が神学院について色々説明して下さり、「仕事で困難なことがあったら遠慮しないで話してください」と言われて、デコはすっかり感動してしまった。持ってきた書類を院長先生の机に置き、ハンコを頂いた。


家に帰ると、父が「どうだ。慣れたか？」と尋ねる。

「うん、これから院長先生の二人の子供の中国語の先生にもなるの」

「ほう！　それは英語の練習にもなるな」と父は目を細めて喜んでくれた。

デコは、明日は何を教えたらいいのかと色々考えた。そうだ、挨拶から先に教えてあげよう。そう決めて小さな手帳に教える言葉を書き、眠りについた。

翌日、お弁当を手提げに入れて、中学一年から使っていたノーパンクの自転車に乗って神学院に向かう。

日々各教会から送られて来る献金を受け取り、受取書と礼状を封筒に入れ、決められた所に置き、続いて神学生たちの在学証明書を書いて陳牧師夫人に渡し、ハンコを押してもらう。

午後三時になったら、一日の収益支出の帳面を持って院長先生のお宅に行き、帳面を渡し、それからデイビッドとマイクの授業を始める。デイビッドは頭が良くて覚えがいいので、その都度こちらも六歳になったつもりで手を叩いて誉めてあげると、傍に寄ってきて「次の言葉は何？」と積極的に聞いてくるようになった。

中国語を教えに行くと、デイビッドとマイクが「アンティー」と言って飛び付いてくるようになった。毎日が楽しく充実した日々であった。

振り鳴らした鐘の失敗

ある日、四年生の学生から「今日、丁さんが来れないので、すまないが、授業の開始と終りの時間にこの鐘を鳴らしてくれませんか？」と頼まれた。彼は大きな鐘を片手で軽々と持ち上げて、振って見せてくれた。

幼い時、近所のおばさんが毎週日曜日に連れて行ってくれた天主教の教会では、天井に吊るしてある鐘に紐がつけてあり、その紐を引っ張るとコンーコンーと音が出たが、神学院の鐘は違った。デコが幼少時に、豆腐屋さんが車を牽《ひ》いて「トーフィ」と言いながら、カランカランと手で鳴らしていた鐘に形は似ていた。ただ、大きさが、その鐘の10倍位あった。いつもは、その鐘を雑役の丁さんが片手で振り鳴らしていた。朝一番のガランガン、ガランガーンの鐘の音は、神学院の一日の始まりである礼拝の合図である。

四年生の学生に頼まれたデコは、仕事に夢中だったので、鐘を試しもしないで頭を縦に振った。デコは時計を見て、机の上のメモ用紙に、「鐘を鳴らす。９時45分」と書いて、目の前の紙箱に貼り付けた。

この年は、大学に受からなかったので兵役逃れに神学院にでもと考えたのか、特に新入生が多かった。その人たちのために兵役延期の書類を政府に提出しなければいけない。さらに、束になった郵便物との取っ組み合いである。送って来た金額を記入し、お金を数えて束ねる。一円たりとも間違えてはいけないので、全神経を集中した。

計算を間違えないようにと気を付けて仕事を続けていると、誰かがコツコツと事務室の窓ガラスを叩いている。「誰が叩いているのかな?」と頭を上げると、さっきの四年生の生徒である。彼はガラス越しに自分の腕時計をデコに見せて、しきりに手を上下に振っている。

「あっ！　大変だ！」

デコは、授業終了の鐘を鳴らすのをすっかり忘れていた。二十分も過ぎてしまった。慌てて鐘を鳴らそうと上げた途端、「カーン」と鐘が鳴った。

その鐘の音の大きさと重さに驚いたデコが、慌てて鐘を下ろすと、また「カーン」と鳴った。

違う。ちょっと音が変だ。その後、どうしたことか消防団が火事場に向かう時の半鐘のように「カンカンカンカン」と鳴った。

その鐘の音を聞いて、先生と学生たちが慌てて事務室に飛び込んで来た。

皆から「どうしたの?」と尋ねられたが、鐘が重過ぎて片手で持てなくて、両手で鳴らしたら思うように鳴らせなかったとは、恥ずかしくて言えなかった。

充実した神学院の日々

神学院の仕事は簡単だったが、デコにとっては仕事をしている嬉しさを形容する文字が無いほど充実した日々が続いた。

ただ、新入生が増えたことで、毎日が忙しく、お昼になると事務室には学生たちがどっと雪崩れ込み、あれを頼む、これも頼むと依頼が殺到した。デコ一人では、とてもそれらの要求をこなせなかった。

ある時、いつものように学生たちが多くの要求をデコに伝えていた時に、ちょうど院長先生が事務室の前を通り掛かった。デコが困っているのを横目で見た院長先生は、翌日の朝の礼拝の後、神学生に向かって「今日から神学生は事務室に入るべからず」と言って下さった。デコは内心、良かったと思った。

時々、デイビッドとマイクを庭に連れて行き、知っている限りの草花や樹木の名前を教えて上げることもあった。二人とも大変喜んで覚えてくれる。特にマイクは、デコの手を握って離さず「アンティ」と甘えてくるようになった。

ある日、デコがデイビッドとマイクに中国語を教えていた時、院長先生ご夫婦がちょうど帰って来られた。デイビッドは、その日に習った植物の名を言って父親に聞かせた。院長先生が、デイビッドの頭を撫でながら「よく覚えた。よかったな」と褒めたところ、マイクも負けじと、覚えたての草木の名称を唱えながら部屋の中を飛んだり跳ねたりした。マイクは勢いあまってソファの上に飛び乗ったので、院長先生に叱られてしまった。

院長先生はデコに「余り悪戯《いたずら》が激しかったら、体罰をしてもいいですよ」と言われたけれど、デコは心の中で子供は体罰よりも別な方法があると思った。そもそも、親は口ではそう言うけれど、自分の子供を叩かれて喜ぶ人はいないだろう。

デイビッドの中国語は日増しに上達していった。

デコも神学院の仕事に慣れてきて、陳牧師夫人が事務室に来なくても、一人で全てをこなせるようになってきた。

陳牧師夫妻の息子さんの死

事務長の陳牧師の奥様は、教壇に立って学生に教えることもあり、時々事務室にその姿を見せていた。陳牧師夫人は主婦の仕事に加えて、ご主人の仕事の代理もしなければならなかったので、普通の家庭の主婦よりも何倍も忙しい思いをなさっておられたと思う。

ある朝、珍しくその陳牧師夫人が早くから出勤して来た。

陳牧師夫人が、事務に関する大切な要件をいろいろ話している時だった。学生の一人が息せき切って事務室に飛び込んで来た。

「大変だ！　大変だ！　中学生が列車に轢《ひ》かれた！」

陳牧師夫人が「可哀そうに、一体どこの…」と言いかけた時だった。別の生徒が事務室に駆け込んで来て叫んだ。

「陳牧師の息子さんが轢かれた！」

その言葉を聞き終わる前に、陳牧師夫人は外に駆け出していた。

生徒は「警察の調べによると、轢かれたのは陳牧師の息子さんです。息子さんは、学校に間に合わないといけないと思ったのか、レールの上を急いで歩いていて、汽車の走る音が聞えなかったらしい」と言っていた。

暫くして、涙で顔を濡らした陳牧師夫人が事務室に戻って来た。そして、自分のバッグを持つと、またすぐに出て行った。陳牧師はまだアメリカにいて、帰って来ていない。


雑役の丁さんの話によると、陳牧師の息子さんを轢いた汽車がすぐに止まれずに、身体を引っ掛けて何メートルか移動したため、無慚《むざん》な形で死んだとのことで、デコは何とも言えない気持ちになってしまった。

丁さんが続けて、「陳牧師夫人は親戚の娘と二人で現場に行って、レールのへっこみにへばり付いている息子の体の一部を箸で拾い集めている」と言った時、デコは両手で自分の耳を塞いだ。

「それ以上何も言わないで！　丁さん、もういい……」

涙をぽろぽろ流しているデコを見て、丁さんは「ごめん」と言って去って行った。

母親が大切に育ててきた愛しい息子の……。胸が一杯になって気の毒にという思いを消し拭くように、あとからあとから涙が湧いてくる。

デコは心底気の毒に思い、生と死が隣り合わせであることを改めて痛感した。そして、それまでは毎日そのレールを横切って神学院に通っていたが、その時から絶対にその道を通らなくなった。

初めての給料で買ったハイヒール

デコは段々と神学院での仕事に慣れていった。

午後三時に事務室での仕事を終えると、院長先生の二人の息子の家庭教師と遊び相手になる。それで月にサラリーが１２０円頂けるのだ。デコにとってサラリーの寡少《かしょう》は問題ではなかった。毎日が大変楽しくてならなかった。

初めてのサラリーを頂いた時は、形容できないほど嬉しかった。頂いたサラリー袋をそのまま父に渡そうとしたら、父は「これはお前が苦労をして頂いたお金だ。自分で使いなさい」と言われた。

デコは頂いたサラリー袋を手にして考えた。その頃、皆がハイヒールを履いているのに自分だけが学生時代の靴を履いていた。そうだ、このお金でハイヒールを買おう。お給料袋を持って、近所の靴屋に行った。小さい時からデコの靴を作ってくれていた靴屋の主の侯さんが「初めて履くのだから、踵《かかと》の高い靴はよして、平底よりもちょっと高めの靴がいいと思う」とアドバイスをしてくれた。

そして、「ちょうどあなたに履けそうな靴がある」と靴を持ってきてくれた。履いて歩いてみて、デコは嬉しくなった。値段を聞くと、当時のお金で一足百円である。買っても、あと二十円残ると知ったデコは思い切って予約をした。

そして、足の型取りをし、「二週間後に取りにいらしてください」と言われた。昔と今の違いである。今は靴屋に行けば色んな靴があり、履いてみて気に入ったら直ぐ

神学院で働いていた 20 歳の時、父と２人で台北に旅行。総統官邸裏の公園にて。

に買って帰ることができる。

しかし、昔はそういう訳にはいかない。実に幸せな世の中になったが、皆様はそれが至極当たり前のように思っておられるのではないだろうか？　物資欠乏の時代を経験したデコは、心の奥底から深く神に感謝した。

二週間経って靴屋に行くと、靴はできていた。「履いて、歩いてみて、気になるところがあれば言ってください」と靴屋の候さんが言った。デコは初めてのハイヒールなのに、ベタ靴のように歩くことができた。お金を払って、靴を持って帰った。クリスマスやお正月に履けると思うと、抑えきれない嬉しさが込み上げてきた。

神学院の学生からの求婚に困惑

時間の流れがあっという間に一年という時を刻み、過ぎ去って行った。

四年生の卒業式が間近に迫って来た。恒例の卒業パーティーについて、卒業する高氏を中心に計画が立てられた。飲み物やおやつは何にするか、果物はどこで買うか、参加者は合計何人かなどを話し合い、突然の来客に備えて少し多めに準備する。

やがて社会に出て、世間の人々のため、社会のため、国のため、世界平和のため、並びにキリスト教の範疇《はんちゅう》を広めイエス様の御教えを説き伝え、善の道に導く任務を背負って出てゆく人たちに激励と祝福を送るパーティーに、事務室で働く人たちも全員加わってお手伝いをした。

一日の仕事が終わり、さあ帰ろうと自転車置き場に行き、自転車を取り出そうとしたら動かない。「どうして？」と後ろを見ると、三年生のUがサドルを引っ張って、「僕も一緒に家まで行く」と言っている。

「えっ、家に送ってくれるって？　そんな必要はありません。帰る道くらい迷うことはありません。自分で帰ります」と言ったが、Uはサドルを握った手を離さず、ついて来る。なんて図々しい人なのだろう。

当時の台南は非常に封建的な所で、男女が一緒に歩くことなど許されない。特にデコの家は封建的な度合いが強く、非常に厳格であった。

デコは心配になってきた。「ああ、いやらしい。不愉快でならない。なんで家について来るのだろう。男性と一緒に歩いているのが近所の人や知り合いの目に触れたらどうしよう」と気が気でなかった。心配は段々と不愉快に変わり、腹が立ってきた。

デコは、Uを無視して黙って歩いた。

やっと家に着き、ほっとして自転車を置き、家の中に入ろうとしたところ、Uがついて来た。心の中で帰ってくれたらと思って「さよなら」と言ったら、「待ってください」と言いながらUが追いかけて来た。

「何かご用でも？」

戸口まで追いかけて来たUは、右手で引き戸を開けて、「僕と結婚してくれませんか」と言った。素頓狂《すっとんきょう》な相手の言葉に呆れて、自分の耳を疑った。

「えっ？　なんとおっしゃられましたの？」

「僕と結婚してください…」

神学院で聖なる道に進まんと学習中の神学生が、道に迷い反《そ》れて、彷徨《さまよ》ってしまっている。彼の考えを目覚めさせ、後に濁りを残すことの無いように、ここは一言で決めなければならない。Ｕにとっては痛いかも知れないが、修行中の身にあってはならない邪念を一刀両断しなければならない。

「嫌です。お断り致します」

Ｕの顔色が変わった。

「えっ！　えっ！　な、な、なぜです…」Ｕは慌てて、どもった。

「どうしてって、大体牧師と結婚したいと思ったことがないからです」

「どうして？」

「牧師は嘘つきだから」

「牧師は嘘は言わない。絶対に！」

「言います。毎日壇上に立って、座っている信者に向かって、おお、迷える羊よと呼び掛けています。明らかに人間なのに、羊というのは目に余る不真実ではないでしょうか？　それに牧師様の奥様は、ピアノやオルガンが上手に弾けないといけない。残念ながら私は両方とも不得手ですから、全く牧師様と結婚できる条件を満たすことができません」

「僕…」

Uは何か言いたげな様子だったが、言葉にならず、しばらくの間、時間が凝固してしまったかのように感じた。デコは相手の不作法なやり方に、心の中で「帰らなければ警察を呼ぼう」とまで考えた。

「ぼ、ぼ、僕」

やがてUは、クルリと背を向けて肩を落とし、うなだれて去って行った。

デコは、一晩中なおも怒りが収まらなかった。あのバカ学生の顔は二度と見たくないので、私が神学院を辞めればいいと思った。

神学院を辞めることに

翌日、デイビッドとマイクのレッスンを終えた後、デコは院長先生に辞表をお渡しした。院長先生は余りにも突然のハプニングに驚き、頻《しき》りに「どうして辞めるのですか?」と聞かれた。しかし、デコが実情を話せば、Uはきっと退学になってしまうに違いないと思い、何も言わなかった。

「別に理由はございません」

「サラリーが少なすぎるのですか? 私のポケットマネーから10元特別手当として差し上げましょう」

「サラリーの問題ではありません」

「それでは、私が時間を割いて英語を教えてあげてもいいが」などと多くの良い条件を並べてくれた。しかし、デコは頑《かたく》なに首を横に振ってお断わりした。

「今まで本当に有難うございました」

そう言って深々と頭を下げ、院長先生のお宅を離れようとした。すると、デイビッドとマイクがデコに飛び付いてきた。デコは二人を抱いて「さよなら」と言った。二人の「Auntie,Where are you going?」という泣き声交じりの言葉に、デコはこらえていた涙が堰《せき》を切って溢れ出した。

「Auntie,Auntie,……あーん、あーん」

二人の泣き声が少しずつ遠のいていった。

家に戻ったデコは、「さて、明日から何をすべきか？」と考え込んだ。しかし、空っぽになったデコの頭には、何も浮かんで来なかった。

いや、明日には明日の太陽が出てくる。歩くべき道が見えてくるだろう。

後日談になるが、その時の校長、黄彰輝先生は、後に家族共々英国に行かれ、英国で亡くなられた。デコは英国に向かって「黄彰輝先生の御霊よ、安らかに」と手を合わせる。

天国の校長先生、やっとお分かりになられたでしょうか？　あんなハプニングさえなければ、あれ以上素晴らしい職場はなかったのですけれど……。

第五章　国民党の罪業

日本よ！　なぜに台湾を切り捨てたのか

神学院を離れたデコは、明日からどこに向かって進むべきかを自分に問うてみた。しかし、なかなか答えが出て来なかった。

自分から職場を離れたデコだったが、心の底から燃え上がってくる怒りを抑えきれずに、声なき声で「Uの大馬鹿、あんぽんたん！」と腹立ちまぎれに罵《ののし》ったが、不愉快と怒りは静まらなかった。父にも、なぜ神学院を離れたかを説明できずに、家の中に籠《こも》っていた。

思えば「日本時代」という時代が消えて、身も心も考えもすっかり日本人だと信じ、「御国のためなら死して厭《いと》わじ」の日本精神を沁み込ませた台湾人が、今まで聞いたことが有っても見たことの無い言葉の違う獰猛《どうもう》な秦の始皇帝の一部の人種が結成したChina軍団は、我々台湾人の芯から日本を思う心を失わそうとしたのか、我々に「もはや時代は変わってしまったのだよ。君たちはもはや支那人になったんだよ」と、言わんばかりに無理矢理に「君たちの母国はシナ。だから君たちは中国人である」ということを幼稚園、小学生から大学生、社会人にまで念じさせた。

しかし、言語というものは一朝一夕で覚えられるものではない。中国には、北京語、上海語、南京語、蘇州語、杭州語、福建語、広東語など、その土地土地で違った言葉があり、中国人ですら別の言語圏に行けば言葉が通じない。それなのに、なぜに台湾人にだけ北京語を話せと強要するのだろう。彼らの親玉の蔣介石ですら正確な北京語が話せないのに、なんで我々台湾人に無理矢理シナの言葉を使えと言うのであろうか？

私たちは日本語、台湾語、それに英語さえ話せたらいいと思っていたのに、色鮮やかな花が咲き誇り、鳥が囀《さえず》る天国から地獄に真っ逆さまに落ちて行ったようだった。

ところが、大東亜戦争が終わって、いざ日本が負け去って、清国奴《チャンコロ》が来た途端、日本人から教えられた「信義」「正義」「博愛」「友愛」など教育勅語《ちょくご》の内容は徐々に変転し、台湾人は一歩一歩とイエス様が十字架を担ってゴルゴダの丘に向かって行くように「偽り」「泥棒」「スリ」「かっぱらい」に囲まれ、「強盗」「万引き」の坩堝《るつぼ》に蹴落とされてしまった。

急激に増えて来た悪は徐々に広まり、台湾から「平安」の二文字は消え失せた。そして、恐怖心が大きく占めるようになった。

台湾人の心の中を「日本よ！　なぜに負けてくれた。なぜに台湾を切り捨てたのか？」の思いが駆け巡った。

「ああ、日本！　離れて初めて知った親なき子の心境。母国のあった日々の幸せな思い出が瞼の裏に浮かんで消えない。母国よ。なぜに我々を捨てたのか」

この悲しみは、ひとつ間違えば憎しみに変わらないとも限らない。怒りと悲しみが坩堝《るつぼ》を描く。

かつて、1945年8月6日、アメリカは原子爆弾を広島に落した。続けて長崎に二発目の原子爆弾を落とし、おびただしい死傷者を出した。

国民学校を卒業したばかりのデコも、そのことを聞いた。兵隊さんたちは父と一緒にラジオを囲んで、天皇陛下の玉音放送を聞いていた。天皇陛下の敗戦の悲しみと幾万の国民のために勇んで己が命を捧げた兵隊たちに済まないという心から絞り出した「耐え難きを耐え、忍び難きを忍び…」の御声が途切れ途切れに耳に入った。戦争に負けて日本の兵隊さんたちは、皆、空を睨んで涙を流していた。

ところが、後になってもっと泣かされたのは台湾人であった。日本教育の生活様式に慣れてしまった台湾人は、中国人のやる事なす事に唯々呆れるばかりであった。

二二八事件の始まり

中国人（外省人《がいしょうじん》：台湾人を本省人と呼ぶのに対して終戦後に中国から来た人をこう呼んだ）にいい就職口を取られ、通貨の価値が暴落し、「四万円が一元」になり、瞬く間に職を失った台湾人は貧乏神の訪れに、いや強盗に襲われたように、島全体に貧乏人が溢れた。代わりに、よそから来た痩せ細った乞食が、豚のように肥えてきて、その数はぐんと増えてきた。

中国国民党は、大東亜戦争で日本に勝ったのではなく、連合国の一員だったというだけで、自国内の戦争には負けてばかりであった。その負け犬に、台湾を手渡したのは、連合国の陰謀であったとも後で聞いた。

お金のなくなった台湾人は、食料が豊富な国に住みながら三度のご飯が満足に食べられなくなった。それまでは家の中に籠っていた年寄りですら、一家の収益になると聞けば、家族のためにと外に出て、一銭でも余計に稼げたらと煙草《たばこ》を売ったりする危険を冒すようになった。

当時、煙草は禁じられていた。この禁じられていた煙草を生活の費用にと売った女性を中国兵が殴り、足蹴にするのを、軍隊帰りの台湾人が見るに見かねて「よせ。謝っているこの女性が、口を凌《しの》ぐために煙草を売っているのをなぜに気の毒に思わないのか。他人の金を盗むよりはましだと思わないのか」と言って中国兵を殴った。途端にその中国兵が持っていた銃を撃ち放った。その弾が別の人に当たり、撃たれた人が死んでしまった。これが二二八事件のきっかけである。

この１９４７年2月27日に台北で起こった事件を機に、それまで溜まっていた台湾

1947 年 2 月 28 日、専売局台北分局前に集まった抗議デモの群衆。

人の不満が一気に爆発した。翌2月28日から抗議デモが台湾の各地で起こり、台湾人（本省人）と外省人との抗争が台湾全土に広がっていった。最初の十日程は、台湾人が優勢だったが、中国本土から国民党軍の増援部隊が到着すると、瞬く間に形勢が逆転した。

国民党の野蛮な殺人狂軍は、手当たり次第に台湾人に発砲した。特に台湾北部の八堵《はっと》駅、中南部の嘉義《かぎ》駅、南部の高雄駅での機関銃無差別乱射は酷く、多くの死傷者を出した。

しかし、台湾人は現場には行くことができず、現場近くに住んでいる人たちから話を伝え聞いて驚き、涙を流した。外来政府に対する恨みは、座布団を重ねるように重ねられていくのみで、台湾人は何もできなかった。哀れ台湾人の祈りは、神の耳にはまだ達していなかったのだろうか？

鬼畜同様の国民党政府は、それだけではまだ殺し足りないかのように、スパイを使って処刑候補者を探した。

どんなに勇気があっても、武器が無ければ勝ち戦は望めない。台湾人は、自分たちの運命を天にまします神にゆだね、日ごと神仏に手を合わせて、いつか訪れるであろう希望を焦らずに待つしかなかった。

その度に「国民党よ、殺人党よ、早く潰れてしまえよ。台湾の土地から追い出せよ」という声が風に乗って大きく揺れて流れゆく。

財産を取り上げられた日本人

職を棄てたデコは、あたかも真夏の正午の太陽が一瞬にして消えさり、急に目先が見えなくなったような苛立ち、焦り、不安に包まれ、不愉快な日々がずっと続いた。

終戦前、デコの家の裏側の日本住宅に住んでおられた、「この骨を台湾の土地に」と言っていた広瀬さん一家は、日本に帰ってしまった。デコの家の付近に住んでいた日本人のみならず、台湾の全島に住んでいた日本人が追い返されてしまった。

大東亜戦争に負けたために、日本人が追い返されて行くのに対し、血も涙もない支那軍勢は、台湾接収委員会という名目で、日本人一人あたりに当時のお金の二千円を持たせただけで、残りは全部取り上げてしまった。

父の友人たちはこの状況を聞いた時、中国人の非情さ、泥棒にも似たその行為を非難した。台湾人は、中国人の日本人への仕打ちを、あまりにもひどいと思った。

この政府は強盗ではないか。日本人が家財道具を売り払ってまでして得たお金を取り上げる最悪の行為に、多くの台湾人は日本人に代わって不満と同情の念を感じ、余りにも非人道過ぎると囁《ささや》いた。

父も心配そうに呟いていた。

「故郷に戻った友人たちは、もはや二度と台湾の地を踏むことは難しくなるだろう。いや、もう二度と戻って来れないかもしれない」

日本人の帰国がほぼ終わりを告げた後、接収委員会が設立され、大きな会社名の頭文字の、日本〇〇会社から日本の二文字を消し、代わりに中国〇〇会社に変えてしまった。それほど大きくない企業は、徐々に台湾を冠するようになってしまった。

議会の議員の秘書だった許氏の話によると、支那人の接収委員会の委員長であったRが接収に行った時、「接収委員会委員長、某士」と書くべきところを、ただ自分の名前しか書かなかった。そして、接収した日本家屋は彼のものになった。

果たして神はそれを許すであろうか。そんなことをして、彼の子々孫々に祟りが無いだろうか？

日本時代に戻りたい

彼らが台湾に足を踏み入れた途端、台湾人が今まで聞いたことの無かった泥棒、万引き、かっぱらい、人殺しなどの犯罪人が一夜にして増えた。

頑丈に戸を閉めても、窓から入り込まれてしまうようになった。

「あれっ？　昨日ここに置いた物がないが？　貴方がどこかへ移してくれたの？」

「おいっ！　昨夜寝る前に壁に掛けておいた俺の上着が見えないぞ！」

「内ポケットに財布を入れていたが、どこに行った？」

このようなことが日増しに増えてきた。

しかし、これはほんの始まりに過ぎなかったことを、誰も知る由《よし》がなかった。日本時代は、男性が財布をズボンの後ろのポケットに入れていても、なくなることが無かったのが、バスを降りたらもうなくなっているケースが多くなった。

日が経つにつれ、人々は急激に日本統治時代がどんなに良かったかと思うようになり、昔恋しの念が強くなってきた。

当時、台湾人が寄り集まると「昔は良かったな。日本人は絶対にこんなことはしなかった」などと、事ある毎に母国日本を持ち出してシナ人と比較した。

「なんだこの政府は？　上役は全部チャンコロ人で、汚職、公金乱用が当たり前じゃないか」

「昔は良かったな。ああ、昔に戻りたい」

「今の政府は強盗より恐ろしい」

そういった声があちこちで囁かれた。

特に大学生は怒りの炎を払いのけることができず、遂に学生連盟の組織に我も我もと加わり、名簿に多くの学生の名前が連なった。

ところが、これを誰かが国民党政府に密告した。そして、学生が一人また一人と国民党政府に拉致されていった。


日本人を父とする坂井さん（台湾名：湯徳章）が、これでは学生が危ないと、学生名簿を焼いてしまった。そのために多くの学生が捕らえられずに済んだ。

ところが、当の坂井さんは捕らわれの身となり、さんざん虐められた挙句、死刑に処された。因みに坂井さんは、デコの父方の従兄弟叔父に当たる人であった。

支那人はかくも惨忍な人種で、人を殺すことは蚊を叩くぐらいの事だと思っているらしく、全く血も涙もない。ところが、中国人は自分が殺されそうになると天にも届かんばかりの悲鳴を上げる。

悪魔の国から飛んで来たイナゴの如き酷民盗

このように台湾南部でも理由もなしに拉致され、生きて帰らぬ人の数がどんどん増えていった。これらの人たちが、なぜ拉致され、どこでどうなったかは、全く知りようもなく、何処に行って誰に聞けばいいのかも解らなかった。学識有る人間が、理由もなしに次々と拉致され、夜空の流れ星のように一瞬にして消え失せていった。

酷民盗《こくみんとう》（国民党のこと）は、彼らの国で共産党（否、「恐惨盗」と言った方が適切かも）という反対党との戦いにボロ負けに負けて、逃げ場を失った負け犬のように尻尾を巻いて、遂に難民という名義で台湾に亡命してきた。

ボロをまとった乞食同様の痩せ細ったミイラの如き敗残兵の「酷民盗」は、正常な人間が持つべき理性を失い、戦いの相手である「恐惨盗」という強敵を打ち倒す能力・智力が無い難民集団、雑兵団隊だった。彼らが撃ち殺すことができるのは、手に寸鉄を持たない善良な台湾の人民だけなのか？

台湾人は、目の前に現れた乞食軍勢のシナを母国と言わなければならないのか。

極悪の悪魔の国から飛んで来たイナゴの如き大群は、無理矢理に「中国は台湾人の母国だ」と悲鳴に近い声で叫んで町中を練り回った。どうして乞食の軍勢の群れを兄弟と言わなければならないのか。

片方では台湾人を見ると口をひん曲げて「日本鬼子」と言うが、このお菰《こも》さんたちは鏡に映る自分たちの身なりや行動を、覗き見た事があったのだろうか？　中国では、自分が全国の国民を統治、統率し、玉座に立つため、権威を我が手に握りたいという欲望で、中国人同士が闘い合い、殺し合っていたが、最終的に枝葉怪石（蔣介石）側が負けてしまい、この敗戦の大将が部下を棄てて逃げ回り、海南島に行こうとしたところを、なぜかは知らないが、海南島は死への道の表玄関だと知らされて、口からあぶくを吹いて妾《めかけ》を連れて台湾に逃げて来た。

そして、「自分は国内の戦争に負けた」とは言わず、全ての学生に「自分は総統である」ともっともらしく言い伝えた。

日本の統治と国民党統治の余りの違い

蔣介石の政治は、自分の気に入らない人は殺してしまえ、島だけ残せと台湾人を殺していった。彼が台湾に来た途端に、台湾南部の太湖山の形に似た塩田の塩の山がいつの間にか消えてしまった。まだ女学校の一年生か二年生だったデコは知らなかったが、話によると彼らがその塩を積んで彼らの国に持ち帰り売ったと聞いた。その次は米、砂糖を運び帰ったと聞いた。そのため砂糖、米の値段が跳ね上がり、一時的にお米が買えない時があった。

国民党は、台湾の食料を、表では台湾を守る軍に売るという名目で取り上げ、裏ではこっそり船に積んで、彼ら国民党を打ち負かした中国共産党に売りつけた。これを泥棒行為と呼ばずして、なんと呼ぶのだろう。

これをもし一般人がやれば、直ちに捕らえられて銃殺されるのではなかろうか。そもそも共産党は、敵ではなかったのか？　その敵国に台湾人の手から巻き上げた食料をこっそり売りつけるというのは、中国国内の戦争は、台湾侵略を企てるための一種の演劇であり、手品でもあったのかと思われても仕方がないだろう。

国民党の圧政の下に、台湾人は日一日と生活が苦しくなって来た。その上彼らは、台湾人が持っている日本円四万円を彼らが新しく刷った一元札に換えて行った。このような事を何度かした結果、台湾人は暮らしが段々苦しくなり、反対に台湾に来た乞食軍勢は豊かになっていった。

彼らの行なう政治、政策の急激的な変動に、台湾人は直ぐにはついて行くことができなかった。

残念なことに、彼らに入り込まれた後から、諸々の悪習が知らぬ間に一部の台湾人にもうつってしまったように思える。悪に染まるのは容易なことだが、悪から抜け出すのは至難の極みである。

日本の統治時、日本人と台湾人の間には多少の格差があったが、日本政府は決して台湾人の三度の食事を奪い取り、本土に送り、売る事はしなかった。

過ぎし日の日本人の政治と目前の中国人の政治様式を相比べて、余りにも大きく異なるのを見て、台湾人は心中に侮蔑《ぶべつ》と嫌悪の念を覚え、台湾の将来はどうなるのかと苦悶《くもん》に陥《おちい》った人たちも多くあった。

台湾人が抱く日本への感謝と郷愁

緑あふれる島国・台湾は、島の中南部を北回帰線が通り、中央には北から南に続く中央山脈が繋がり、新高山《にいたかやま》（玉山《ぎょくざん》）は神の宿る霊山と言われていた。あたかも日本人が美しい富士山を聖なる山と崇め誇りにしているように、この新高山は、台湾人にとっては霊山であり、誇り高い台湾のシンボルなのだ。

その他に、次高山、阿里山《ありさん》、南大武山など数多くの山々が屏風《びょうぶ》のような役目を果たす美しく神秘的な台湾連峰は、檜《ひのき》、紅檜《べにひ》、楠《くすのき》、その他多くの幾百年もの年月を重ねた大樹木が山中に林立し、その根で深く大地を掴み東方の太平洋から襲い来る季節風や、荒れ狂う暴風を遮って農作物の被害を減少してくれる山の神とも言えるだろう。

医学院で専門に血液を分析して研究してきた女性の博士が、台湾の民族の血液を調べた報告書で、台湾人の血液の中には中国人の血液は２％しかない、依って台湾人は断じて中国人ではない、と発表した。

だから、国民党の輩は、自分たちより有識な知識分子、知識豊富な台湾人、自分の手に負えない人間どもはこの世から消してしまわないと安心できないと思ったのだろうか？

一体誰が台湾人の意見を問わずに、この非常識で恩知らずの乞食のような敗残兵に台湾に行って良いと許可を出したのか。その許可の中には、台湾人を己が意に任せ満足するまで殺してよいと書いてあったのだろうか。

台湾人は、自分たちに武器が無いことで同胞を守ることができないことに、悔しさを抑えることができなかった。手に寸鉄を持たない若者たちは、歯を食いしばる外なかった。

悔しいが反抗する術がない台湾人は、支那人との間に大きな溝ができ、怒りと憎しみと嫌悪の念に加えて、軽蔑と形容のできない兇悪《きょうあく》な動物の前に立たされたような恐怖が風船のようにどんどん大きく膨らんでいった。

そもそも彼らの先代の清国が日清戦争（１８９４～１８９５年）で日本に負けて切り捨てた島、瘴癘《しょうれい》の地、台湾を日本に譲渡した時から、台湾は、もはやシナの国土ではなく、シナの属国でもないのだ。

その時点からこの瘴癘の島は日本に所属する島となり、その台湾を日本が五十年の歳月をかけて、大きな荒削りの如き岩石を、知恵と時間と労力をかけて台湾人と手を取り足を揃え、呼吸を合わせて、美しいダイヤモンドのように光輝く島「フォルモサ」に磨き上げてくれたのは、世界の人々の周知の事実である。

瘴癘の地・台湾を世界の国々と歩調を合わせて歩めるように建設してくれた日本人という恩人に対し、ほとんどの台湾人の心の奥には感謝の思いが潜んでおり、台湾人は、かつては母国だった日本を懐かしむ感謝の念を、永久に忘れることはないだろう。

台湾は中国の物だと狂い騒ぐのはだれ？

台湾人が幾ら考えても解せないことがある。１９４７年、台湾人の許しも得ないで入り込んで来た外来政府は、虚偽の証言の〝お前は共産党だ〟と言って、当時の台湾の精鋭を拉致し、いびり殺し、銃殺し、数多くの若者、インテリゲンチャを一人又一人と殺しまくったのだが、その国民党が、なんと今では、中国共産党と手を繋いでいる。今まで共産党を罵《ののし》ってきたのは、お芝居のセリフだったのか？　それにしても、その余りの変わり身の早さ、ひどさに唖然《あぜん》とさせられる。

二二八事件で「お前は共産党員だ」と決めつけて銃殺した人たちに対して、一体何と言って謝るのか。二二八事件で殺人を犯したのは過去の人間であって、今の国民党に属する君がやったことではないのは分かっている。しかし、台湾は中国の物だと狂い騒ぐのは一体だれだ？　正常な人間には到底考えられない事であろう。

人間と人間の交際は、第一印象が大切であるのと同様に、最初から正常な政府らしき執政法で台湾を治めていたら、或いは台湾は既に七十年も前から極自然に中国の一部分になっていたであろう。だが、国民党の親玉や、その周辺の人たちは、ほとんどが日本の士官学校や陸軍大学を出たというが、彼らが日本に留学した目的は、唯一如何に人を殺すかを学習することだったのだろうか？

暴れ回る「眷属村」の子供グループ

二二八事件から三十八年以上の長きに亘って、善良な台湾人を殺せの命令に任せて殺した支那人は、優越感を覚え、台湾に来た敗残兵とその家族の住む地区を「眷属村《けんぞく》」と命名し、そこの子供たちは眷属の住む村の子供を名乗り、大勢でグループを作って、少数の台湾人を見ると喧嘩を吹っ掛けた。

ナイフで人を傷つけても、眷属村の子供グループがやったのだと知ったら、警察も遠慮して見て見ぬ振りをするので、眷属村の子供たちは、ますます驕り高ぶって暴れ回り、最終的に社会の害虫になり果ててしまう人が多く出るようになった。眷属村の子供グループが大人になると、強盗、空き巣狙い、泥棒、博徒《ばくと》、かっぱらいとなった。

夜、戸を閉めなくても安心して寝ることができたこの島に、そんな人間が増えてきたために、人々は恐ろしさのあまり家々の入り口、窓に鉄格子を取り付け、自ら自宅を牢屋のようにしないと安心して寝れなくなり、外出することができなくなり、年寄りを家に置いて買い物にも行けなくなり、ないない尽くしになってしまった。

それに、この眷属の青年が兵役の年齢に達し兵隊になれば、台湾人よりも早く昇進することができるのだ。豚のように肥えたある軍人の上役は、彼らが台湾に来た時の惨めな格好を忘れたかのように、テレビの画面に映された時、豚のような顔で台湾人のことを〝台八仔〟と蔑《さげす》み貶《けな》したが、台湾人はそのような人たちに何を言われようとも反発はできなかった。

自分たちがどんな格好で台湾に来たのかを忘れたのだろうか？　恩知らずとは、支那人の代名詞と言っていいだろう。

ハイエナの如き国民党政府

日本が第二次世界大戦（大東亜戦争）で敗戦したために、日本に属していたフォルモサ台湾は日本から切り離された。

当時、シナと称した台湾海峡の対岸にある国で、国民党と共産党の内戦で蔣介石が率いる国民党は負けに負けて逃げ場を失い、遂に敗残兵を引き連れて命からがら台湾に〝難民〟として逃げ込んで来た。敗残兵共にとって、内戦とは無縁で、食物の豊かな台湾は、まさに楽園に見えたことと思う。

四方を海に囲まれ、海産物が豊富に獲れる麗しの島には、冬になると北方からボラの群れが潮の流れに乗って台湾沿岸を一周して産卵し、孵化《ふか》した稚魚が再び北に戻ってゆく習性がある。台湾の北から西側の沿岸に沿って南端近くまで来た時が、ちょうどボラの捕獲時である。

台湾の漁民は産卵前のボラを捕獲して、卵を取りカラスミを作る。台湾では、カラスミを正月祝いの極上の一品料理として、来客をもてなす習慣があった。

しかし、外来政府が連れて来たシナ人がカラスミの美味しさを知り、それがボラの卵だと聞き知った人が、ボラなら中国の青島《チンタオ》辺りの黄海沿岸にも沢山いて捕獲できると知り、このニュースを自国に持ち帰っていった。

すると、このニュースを知った中国人は、黄海でボラの大小を問わずに乱獲した。黄海で獲れたボラの卵は子供の小指ほどしかなく、余りにも小さ過ぎてカラスミを作れない。そもそも、中国人はどうやってカラスミを作るのかも分からないのだ。

この乱獲ため、一時ボラが獲れなくなり、カラスミが通常の何倍もの金額でないと買えない高価な食品となってしまったことがあった。

決して大きな島とは言えない台湾だが、気を付けて掘り下げて行けば、宝物がまだ多いと日本のデコの知り合いの社長が言うが、台湾に住んでいる人には、遠い昔から伝わってきた宝物の有難さを余り感じ取ることができないようだ。

外来政府は犬畜生にも劣る恩知らず

多くの先代たちが常に語り聞かせてくれた諺《ことわざ》に「台湾の水を飲み、台湾のお米を食べたら、肥えなくとも美しくなる（飲台湾的水、吃台湾的米、無肥也会美）」というものがある。年のいった先代の人たちは、自分たちが住んでいるこの島は、宝島だと信じていた。

ところが、この美しい国土に踏み込んで来たミイラの如き乞食同様の難民軍勢が、余り長くない期間で全員丸々と肥え太った。そして、力がついてきたと思いきや、掌を返したように恩人である台湾人を次々と自分勝手に決めつけた罪名で殺していった。このような行状は、神様もきっと思いもよらないことだったに違いない。

市井《しせい》のあちこちで「犬畜生にも劣る恩知らずな奴めが」と鬱憤《うっぷん》晴らしに囁《ささや》き合う台湾人の声が聞こえてくるようになった。

だが、権力を笠に着て、武器を持っている相手との喧嘩は、恰《あたか》も大男と子供の殴り合いの如く、戦う前から勝負は決まっていた。

彼らは拉致していった台湾人の手の甲に針金を通して何人かを一組にし、基隆《キールン》の海辺近くに投げ込んだ。後年、その光景を見たというデコが雇っていた縫子《ぬいこ》の母親が、あれは恐ろしかったとデコに話しくれた。

日々、残忍極まる方法で台湾人を次々と殺していく虎かオオカミかハイエナの如き鬼畜同様の外来政府の人間と、その悪魔に等しい手先の兵隊、憲兵、調査人員が、地獄絵図に描かれる赤鬼、青鬼のように見えて、恐ろしさ憎らしさのあまり、台湾人は蔭《かげ》で腹いせに「豚」と呼び「阿山仔（大陸から来た人の蔑称《べっしょう》）」と名付けた。

しかし、それを聞いた台湾人の一部の人たちは「おい、君！　よしたまえ。それじゃ豚に申し訳ないぞ。豚は己の命を捨てて我々に栄養を与えてくれるが、奴らは百害あって一利なしの蛆虫《うじむし》のように、動物でも下の下で最低に属する下等動物だよ」ということを話した。

この難民政府の率いる動物の如き人間の集合体は、台湾人の心の奥底に、猛烈を飛び越え、激烈を跳び越える程の忌み嫌う気持ちと、包み切れない恨み、憎しみの種を植え付けたのだった。

罪を捏造され処刑されたツォウ族のエリートたち

この恐ろしい外来の難民政府は、台湾の平地の人間を乱打乱殺したのみならず、山岳に住む原住民にまで悪魔の手を伸ばしていった。

台湾の檜の名所であり、呉鳳《ごほう》の物語でも有名な阿里山の石卓村に、日本政府によって文明の洗礼を受けた原住民ツォウ族が住んでいた。その一族をリードしていた元警察官で、学校の教師でもあり、作曲家、音楽家且つ詩人でもあった高一生氏は、日本名を矢多一夫と呼ばれ、地元の人々に尊敬されていた。

高一生氏は、台湾総督府台南師範学校で普通科四年、演習科二年の教育を受けた村一番のエリートであり、特に音楽と文学の天賦の素質を持ちあわせていた。そのツォウ族の酋長である高一生氏の娘・菊ちゃんとデコの兄が仲が良くて、夏休みになると必ずと言ってよい程、兄は仲の良い友人と一緒に阿里山の菊ちゃんを訪ねて行った。そして、デコの兄が帰って来る時は、原住民の作った特殊なドブロクや平地では見られない珍しいお土産《みやげ》をどっさり頂いて来た。

2002年8月、著者一家の台南の家があったところで、実兄である楊應吟（ようおうぎん）氏と共に。楊應吟氏は、日本教育を受け、学徒出陣をして終戦を迎えた。戦後は鍼灸治療を介して台湾と日本の民間交流にも活躍したが、2019年、惜しまれながらこの世を去った。著書『素晴らしかった日本の先生とその教育』（桜の花出版）では、「尊敬に値する日本人たち」の姿、現代日本人たちへの切なる願いが綴られている。

菊ちゃんも妹の百合ちゃんと二人でデコの家に遊びに来て、泊まっていくこともあった。

二二八事件が勃発する前の年、「村の運動会に御参加願う」の知らせを受けたデコの兄は、三、四人の仲の良い友人たちと一緒に、石卓村のツォウ族の運動会に参加した。そして、持ち切れない程の多くの山の土産を持ち帰って来た兄が言うには、村の運動会に集まった全村の青年たちが、高一生氏の「気をつけ！」「前へならえ」「直れ」の号令一下、日本の軍人のように行動を一にして、身じろぎ一つしない不動の姿勢で立ち、「前へ進め！」の号令に足並みを揃え、足音高く運動場を回り、指揮台の高一生氏の前まで来たら挙手の礼を行なったという。

兄たちは「おおっ！　良く訓練されているな」「いやー、これはすごいなぁ。見事だ。我々平地の若者は見習うべきだ」と感心してしまったという。

だが、この運動会に参加した難民政府が派遣した畜生どもは、この場面を見て「こんな台湾人を生かしておいては安心できない」とでも思ったのか、間もなく菊ちゃんからの知らせで、父親の高一生氏が憲兵に手錠をかけられ、連行されて行ったことをデコたちは知った。

憲兵は、高一生氏を連行した理由を「脱獄して逃亡した犯人を、高一生が匿《かくま》ったことだ」と言ったという。

憲兵は、ありもしない証拠を作り上げるために、牢獄に繋がれていた犯人をわざと阿里山の麓まで連れて行き、手錠、足枷《あしかせ》を外して泳がせ、犯人の後を警察がツォウ族の住む石卓部落まで追いかけ、犯人を匿った罪を高一生氏に着せた。

なおかつ、あくどい事に日本軍から接収した銃や手投げ弾などを高一生氏の庭先の納屋にこっそりと隠し、その後で捜査と称し納屋を滅茶苦茶に荒らし、高一生氏も家族も全く心当たりのない銃と弾丸を隠し持っていたとして、謀反《むほん》の罪を被せたのだ。

その他にも事実無根の罪状を数多く読み上げ、逮捕していったのだという。

そして、１９５４年４月17日、高一生氏に加え五人の罪なき石卓村の優秀で善良なリーダー格の原住民たちが、難民雑兵の手によって、撃ち殺されてしまった。

日本教育の環境に育ち、中国語があまり理解できなかった高氏は、弁解の仕様もなく、また、その余地も与えられなかった。

哀れ原住民ツォウ族の尊敬される偉大な酋長であった高一生氏に加え、近村の優秀で善良なリーダー格であった湯守仁氏（後に台湾で歌手としての名を売った湯蘭花の父親）、林瑞昌氏、汪清山氏、方義仲氏、高沢照氏ら六人は、酷民党・難民党の捏造した罪名の許に処刑されてしまった。恐らく高氏ら六人は、自分たちが如何なる罪で、殺されなければならなかったのか解らなかっただろう。

このように善良で優秀な人たちが、一人又一人と中国人の手で撃ち殺され、消されてしまった。阿里山の空に輝く金の星は、余りにも美しく光り輝くが故に消されてしまったのだ。

ツォウ族の運動会に参加した兄の友人たちは「難民政府の手先の犬は、高一生氏の号令に従って日本の兵隊のように規律正しく行動する原住民の青年たちの素晴らしさを見て、肝を冷やし、恐ろしさを覚え、此奴を生かしておくのは危険だと思ったのだろうよ」と口々に言った。

さらに、その中の一人がこう言った。

「大体彼らが当初台湾に入り込んで来た時の兵隊を見ただろう。全然軍規の無い烏合《うごう》の衆だった。彼らは号令一つで挙動を共にすることができないのだ。彼らの国の代々の統治者は愚の骨頂の暴君が多く、国民は特殊階級以外は財産はない人が多くあり、そのため無学文盲が多いのだ。その方が統治しやすく皇帝の座を保つことができると信じているのだ」と。

聞いているとシナの国は、国民が平穏に生きて行くには、文字を知らない貧乏で馬鹿な人か、或いは、阿呆もしくは馬鹿を装っていた方が、安全であるように思えてきた。

さらに、中国人の頭の中には、国家のことよりも自分だけが良ければいいというエゴイズムが強く、多くの人間が貪欲《どんよく》、狡猾《こうかつ》、嘘、偽り、捏造《ねつぞう》、残忍、悪辣《あくらつ》に加えてジェラシーや懐疑心が強く、血も涙もないのは間違いない。

彼らには国家意識が全くなかった。自分の国から追い出され、逃げ所を失った人面獣心の集まりが、行く先々で狂暴を示して強さを強調した。相手を脅かし押さえつけておかないと、自分たちが不利になり兼ねないと考えてのやり方だった。

国民党の政治要員に蹂躙された高氏の娘・菊ちゃん

しかし、本当の災難はその後に起こった。

相続き最悪なことに、高一生氏の純潔そのものの娘の菊ちゃんも拉致され、悪魔のごとき政治要員の相手を務めさせられて蹂躙《じゅうりん》されてしまったのだ。清らかな女の子の一生が、無残にも邪悪の泥沼に落とされてしまった。国外から来た政治要員の相手として生きた玩具にされてしまうなど、常識では考えられない極悪非道なやり方である。

菊ちゃんは涙を拭きながらデコにこう言った。

「私を虐めた国民党の一人一人の子々孫々が永久に悲しみと苦しみの絶頂で嘆きもがき苦しみ、狂い泣く報いを一日も早くと呪い、彼らの先祖代々ずっと信じて来た神に祈った」と。

この話を聞いた人も同感であった。「悪魔の如き難民軍団よ。神の御力で一刻も早く滅び給え。この世から消えてしまえ。神よ！　高一生親子の御霊を救い慰め給え」

と思わずにはいられなかった。

「輪廻は繰り返される」という言葉がある。例えば、フランス革命の時、医師ギヨタンは、死刑囚の首を切り落とすための断頭台「ギロチン」を考案したが、彼は自分の提案したギロチンで死の国へ追い込まれてしまったと聞く。

恐ろしい死の国の使者、自国での勢力争いに敗北した敗残兵共は、罪なき台湾人を殺し、お手玉のように弄《もてあそ》んだ。彼らが神の御手の許に一刻も早く滅び、この世から揉み消されることをデコは菊ちゃんと一緒に願い祈った。

この話は、福岡にお住まいの博多の歴女・白駒妃登美さんを、兄と共に阿里山にお連れし、寄り道に菊ちゃんの家にご案内した時に菊ちゃんから直接聞いた。

菊ちゃんは、死にたくても死ねなかった棘《いばら》の道を踏み越えて来た過ぎし日の辛い思い出を、涙を流しながら語り聞かせてくれた。

その菊ちゃんは、２０２０年、彼女の演じて来た人生劇場の幕を下ろし、神の世界に向かって飛び去った。唯々菊ちゃんの魂の安らかならんことを祈る。この余りにも気の毒で恐ろしい過去を聞いて、怒りを覚えない人はいないだろう。

虐められても仇が取れない悔しさを慰め合う

１９５４年4月17日、父親の高一生氏、湯守仁氏など六人が銃殺された後、高一生氏の娘・菊ちゃんを魂の汚れたどぶネズミの如きシナ兵が、有無を言わさず強引に拉致していったが、仮に父親が罪を犯して死刑にされたとしても、その罪が十八、九の娘にまでに及ぶ事はないはずだ。しかし、豚や畜生たちは、そんなことはお構いなく、菊ちゃんを無理矢理に連れ去った。

菊ちゃんは、スペイン人かオランダ人の血を受けているようだと兄が言っていたように、美しくて聡明で、目は原住民に余り似ていない。それに声が透き通っていて、デコの家に来ると父親の高一生氏の作曲した歌をよく歌って聞かせてくれた。

しかし、気の毒な事にその美しい声の持ち主は、もはや呼べども叫べども返事ができない人になってしまった。

動物より下賤な中国の政治難民群によって踏みにじられ、汚され、虐められた余りにも気の毒な菊ちゃんのストーリーは、涙なしには聞けなかった。

中国人の悪魔の手は、台湾の山岳のみならず台湾全島に広がった。台湾人に捏造《ねつぞう》した罪名を着せ、日本軍から接収した武器で次々と殺していった。

包丁以外に武器という武器を持たない台湾人は、反抗しようにも反抗できなかった。平気で嘘偽りをでっち上げる中国人を見て、せめてもの慰めに、友人同士で交し合う言葉が流行り出した。

「皆様、よく聞けよ。絶対に信じるなよ中国人を。十億の中国人の中、九億は嘘つき、偽り、詐欺、強盗、はったり、盗みに胡麻化《ごまか》しの万悪の塊に加えて、殺人狂、恥知らず。残る一億は目下訓練中」

知人、親戚、縁者を殺され、虐められても仇が取れない悔しさを、台湾人はこの皮肉の言葉を呟くことで慰め合った。

中国人の中にも少数ながら善良な人もいたのだが、家族や知人が殺されるのを見て、中国人が全て悪魔に見えるようになったことを、決して間違いであると責めることはできないだろう。

恨み悲しみの裏に、またもや浮かんでくる走馬灯の如き想い出は、デコに暫しの慰

みを与えてくれるタイムカプセルである。デコは、このタイムカプセルに潜り込み、
「ああー昔は…母国日本は…」と言いかけて、自分を慰める言葉を飲み込んだ。

国民党の罪業

「国民党」と名付けられた強盗団は、一歩台湾に踏み込んで来るや否や台湾の全てを奪いあげ、統治しやすいように有識層の人間を過酷な刑罰で満足するまで虐めた後、次々に殺してしまい、多くの台湾人の心の奥底に消すにも消せない恨み、憎しみの種を植え付けた。

二二八事件で殺された親戚や友人の血と涙を見た人は、生涯忘れることはできないだろう。まさに「此恨綿綿無絶期」、この恨み延々と繋がり絶えること無しである。

国民党が台湾に来るや、「共産党を潰す」と叫び狂った。その敗残兵共がなんと七十年も過ぎた今、何のショックを受けたのか、急に共産党と抱き合って仲良くしま

しょう、と平身低頭で頭を地べたに付けて媚《こび》を売っている。おまけに、「我々の祖国は西に在り、台湾も中国のもの也、祖国母国に属するもの也」と主張する。

ならば聞きたい。

国民党は、三十八年間にも亘り戒厳令を布き、鎖国状態にした上で、我々台湾人の学生たち、若者、有識な社会人たちに「お前は共産党だ」というレッテルを貼り、紙で作った三角帽に「共産党員」と書いて被らせ、刑場に引っ張って行き、棒っ杭に縛り付けて撃ち殺したが、殺された人たちの父母兄弟、妻や子にどう説明するのかと。罪なき人たちの命を奪った罪業《ざいごう》を、どうやって償うのか？

国民党よ。

君たちの罪業は、やがて天の神の裁きと処罰を受ける日を見るだろう。

香港の民主化デモを警察が武力で鎮圧する場面に、七十年程前の国民党兵隊による台湾人虐めを思い起こし、外来政府に対する憎しみを新たにする人が、台湾にはまだまだ多くいる。

その人たちは、父親や兄弟などの近親者が拉致され、残酷な虐めの後、罪がないのに共産党員という紙札を貼られて、刑場の露と消えてしまった。

この悲惨な思いを故郷台湾に残し、胸に形容し難い痛みを抱きながら遠く国外に飛び去る人が多く出た。

その人たちは言う。国民党が台湾人を虐めた惨いやり方は、シェイクスピアが描写するベニスの商人のシャイロック以上の、犬畜生にも劣る残酷無情なやり方であったと。なぜ、中国では、国民党も共産党も同様に自国民を虫けらのように虐めたり、蟻を潰すように平気で人を殺すことができるのだろうか？

こんな野蛮な国は、中国以外にあるのだろうか。

デコの所に親しい人たちが集まると、中国に住む階級の低い人たちは本当に気の毒だと言う人がいるが、デコはそんな人に向かって、中国人よりも台湾人の方が気の毒だと思わないか？　と問いたくなる。

今まで英国の統治下に置かれ、自由と尊厳のある社会に浸かっていた香港人民が、中国の統治下に置かれた途端に、自由の範囲を狭められてしまった。

そのことに反対を唱えた事が中国政府の反感を買い、警察や軍隊を繰り出し、警察が十三歳の子供の頭を地べたに押し付けたり、学生を引きずって行った。

もし、自分たちの子供が、このように引きずられていくのを見たら悲しくないか？と聞きたくなる。

テレビでこういう場面を見ていると、中国の統治下で生活したいと思う人はいないだろう。まして、中国人になりたいとは思わないだろう。

台湾の所有を巡る歴史的背景

その中国が大東亜戦争が終わって七十余年も過ぎた頃に、突然「台湾は自分のものだ。独立は絶対に許さない。魚釣島も自分の国に属する」と言っていたが、何かの間違いではないだろうか。

鄭成功が、オランダ軍を追い払い、台湾の統治を開始したのは1662年の2月で、同年6月26日、享年三十七歳の若さで亡くなった。鄭氏政権は、清朝に取って代わられるまで二十二年間続いた。

その前はオランダが三十八年間台湾を占拠し、数多くの植物を移植してきたという。例えば、トマト、トウモロコシ（台湾人は蕃麦と名を付けた）、パイナップル等々。このように昔を探り、本を正せば、オランダの方が「台湾はおいらの物である」と声を大にして言えるだろう。

オランダの台湾統治は、台湾に西洋の文化の息吹《いぶき》を流し込んでくれた。例えば、その中の一つがシャボン（石鹸）である。台湾人はシャボンと言えず、訛《なま》って「サッブン」

と呼んでいる。このシャボンはオランダ語から来たのだという。しかし、オランダは中国のように顔に分厚い面を被って台湾は我々の土地だとは言わない。鄭成功との戦いに負けてしまったら、さっと謝り、台湾から身を引いて帰って行った。

それ以前では、１５５４年、ポルトガル人の製図家・ロポ・オーメンが、世界地図に台湾島を描き、台湾を意味する「fremosa」と記した。その地図は、現在、イタリアのフローレンス（フィレンツェ）の考古学博物館に置かれている。「fremosa」は「formosa」が訛《なま》ったものであろうと言われている。これから見ると、台湾はポルトガルの物とも言えるだろう。

千年以上前には、十六族以上の先住民族が台湾全土の平原に散らばって住んでいたという。しかし、先住民族は、風俗、習慣、言語、宗教が全く異なり、民族の寄り集まりには団結が重要であることを知らなかったが故に、他国から逃難してきた文明の洗礼を浴びたずる賢い異人種に騙《だま》されたり、虐められて土地を奪われてしまった。

そのため、本来、島の所有主である原住民が新住民に押されて、段々と山の方に追いやられてしまい、険しい山間部に住むようになったという。

自殺を装い、母校の二階から落とされた陳文成博士

時代は下って、1981年のことである。

ノーベル賞受賞候補者にもなった陳文成博士は、台湾大学の非常に優秀な学生で、台湾人の誇りであった。陳博士は台湾大学を卒業後、アメリカに留学したが、国民党政府はトリックを使って陳博士を台湾に呼び戻し、帰国したその翌日、早速警備司令部に出頭させ、博士が台湾人の組織に金銭を提供したという理由でリンチを加え、殴り殺した後、遺体を博士の母校である台湾大学の二階の教室から投げ落とした。

そして、翌日の新聞に「陳博士が自分の犯した罪を恐れて、母校の教室から飛び降り自殺をした」と掲載した。

同じように殺された犠牲者の数は無数にあったが、台湾人は戒厳令が敷かれた1987年までの間は、自由と互いの会話を制限されており、たとえ殺しの現場を目にしていても、口を噤《つぐ》み、見ざる聞かざる言わざるを装わざるを得ない状態にあった。

この新聞記事を読んだ多くの台湾人が涙を流した。台湾人は怒り心頭に発した。空を見て神に祈る人々は、「天にましますの神よ。何卒台湾人をお守り給え。罪なき若い人たちを殺しまくった人たちの子々孫々も一人残らずよき死に様では…」後は泣き声にしかならない。哀れ台湾人は笑いを失った。

このように国内国外で輝く台湾人の金の星が、次々と貪欲、嘘偽り、無知無学、道徳心に欠けた外来政府に、満足するまで痛めつけられ、刑場の露と消えていった。哀れな犠牲者の正確な人数は、知らされていなかった。

台北の高層ビル群の一帯は、二二八事件勃発以降、外来政府が刑場にしていた所だ。どれ程多くの罪のない台湾の若者たちや有識者が、その土地に血と無念の涙を吸い込ませ、人生の幕を閉じたか数え切れないという。

もう一カ所の刑場は、忠孝東路の善道寺の斜向《はすむ》かいの行政院の横にあった。デコの家に下宿していた兄の友人、成功大学機械系のトップと言われた優秀な成績の唐朝雲さんは、その死刑場で銃殺されたという。これ等の人たちの霊はきっと鎮まることができないだろう。いつの日かこの多くの罪なき罪を被って殺された人たちの霊が結集して、仇を討つ日が来るであろう。

デコは思った。神様が台湾人の祈りの言葉を耳になされたら、この恨みは必ず報われるであろう。台湾からこの悪魔の如き殺人鬼の一人一人を綺麗に掃き出す日がくるだろう。

もし、難民政府が、戦前の日本統治の如くに国民を守り、国民に親しまれる善政を布いていたら、恐らく今の台湾人のように過去の思い出を掘り起こし、溜め息と共に「嗚呼！　日本時代は本当によかった。今よりも…」という嘆きのセレナーデを繰り返し歌うことはなかったであろう。

恨みを晴らす前に亡くなった人々のご冥福を祈る

「共産党員を殺せ」という合言葉の下に台湾人を殺しまくった国民党が、つい最近になって脳味噌に異変を生じたのか、急に中国の共産党と手を取り合い出した。そして、「共産党は我々の親しむべき同胞である」と台湾国民に触れ回っている。
彼らは、台湾人は騙され易い民族だと思っているのだろうか。大体そんなに素晴らしい共産党であるならば、台湾に来た中国人はとっくに中国に帰って行っただろう。

国民党の連中は、日本人が残した品々を欲しがった。金、米、塩、砂糖、作物、食物、目にするものは何でも欲しがる。台湾から取れるものは何でも欲しいというのは、彼らの生まれつきの強盗根性なのか。

台湾人は心の奥底から彼らの意地汚さに呆れ、軽蔑した。そして、台湾人は侮蔑を込めて「彼ら」と言う代わりに「豚」と呼んだ。もし「豚」と言ったのが、豚の耳に入ってしまったら最後、忽《たちま》ち拉致されてしまい、運のいい人は牢屋に入れられ、運が悪ければ銃殺になるかもしれなかった。

この泥棒政府にできることは、台湾人殺しと他人の懐の金を自分の懐に移す技術だけだった。それ以外は食べるだけの豚である。だから、あだ名は「豚」でちょうどお似合いであった。豚は、他人の物はひったくり、泥棒、強盗、強姦、嘘つき…日本時代には聞いたことのなかった数多くの醜聞が、台湾全土に広がっていった。

しかも、国民党政府は、自分たちが連れて来た泥棒共の悪事を取り締まらなかった。それどころか、台湾人の教授、大学生、有名人を次々に銃殺し、牢屋に閉じ込めた。台湾人に向かって口では「同胞よ」と言いながら、台湾人から尊敬されていた多くの人を殺しまくった。その時の豚政府は「千人誤って殺そうともかまわない」の合言葉の下に、何万人もの罪なき台湾人を殺していった。

台湾人は、口にこそ出さないが、その心の奥には、痛み、苦しみ、悲しみが恨みとなって未だに残り、いつの日にかその苦しみが晴れる日を待っていた。

しかし、二二八事件などの犠牲者の家族は、恨みを晴らす前に、次々とこの世から消え去ってしまった。

デコは、気の毒な犠牲者家族のご冥福を祈らずにはいられない。

第六章　逞しく生きる

拉致された燕雀さんのご主人

ある日、母が市場で昔なじみの友人の梁さんに出会った。梁さんは、デコの家の近くの日本人の広瀬さんが元々住んでいた家に引越して来たという。

それからというもの、梁さんは暇さえあればよくデコの家に来て、母と幼い時の昔話に打ち興じていた。梁さんは、話の最後に必ず一言お決まりの文句があった。

「ああ、日本時代はよかったな。日本人は、先ず清潔、礼儀正しい、責任感が強く、嘘をつかない。真面目でその上、働き者だった」と。そして、母と二人で日本時代を懐かしむのだった。

その梁さんの上の娘の燕雀さんのご主人は、台南の工学院（今の成功大学）の優秀な技術者であった。戦後、台湾の恩人である八田與一氏の建設なされた嘉南大圳の全てを管理する責任者の座に就いていた。

ある日、梁さんの奥さんが目に涙を浮かべてデコの家に飛び込んで来て、母と小さい声で話しながら泣いていた。母は梁さんの奥さんが帰った後、父に告げた。

「今さっき、梁さんの奥さんが来て、嘉南大圳の責任者の娘婿が拉致されて、そのまま帰って来ないと言って泣いていました」

「えっ！　なぜ？　どうしてだ？」

「どうしてだかは梁さんも知らないそうだが、突然銃剣を持った数人の中国兵が前触れなしに宿舎に入り込み、理由もなしに手錠を掛けて連れて行かれた。どこに連れて行かれたのか、どんな罪を犯したのかも全然分からないと言っていた」

それを聞いて驚いた父は、溜息と同時に「またか…」と言って口を噤《つぐ》んでしまった。

ご主人の帰りを諦めた燕雀さんの希望

梁さんの娘の燕雀さんは、ご主人がいつ帰って来るか分からないまま宿舎で待っていたが、間もなく軍隊がやって来て、燕雀さんを宿舎から追い出してしまった。行き場がなくなった燕雀さんは、実家に戻って来た。

両親と兄弟の許に戻って来た燕雀さんは、ご主人のことを思い出しては泣くばかりの涙の日々を過ごしていた。それを心配した燕雀さんのお母さんが、デコの母に「どうしたらよいだろうか?」と相談に来た。

デコの母が「燕雀さんは何ができるかね?」と尋ねたところ、「燕雀は有名な洋裁学校トレピアンを出ているので洋裁の腕前は中々だと褒められている。でも、洋裁の腕があってもしょうがない」と燕雀さんのお母さんは答えた。

それを聞いて、デコの母は「何もしないで泣いてばかりでは健康に良くない。生徒を集めて洋裁を教えたら気晴らしになっていいと思うが」と提案した。

燕雀さんのお母さんは「そうだね。聞いてみる」と帰って行った。
二、三日後、燕雀さんのお母さんがデコの家に来た。母によると、燕雀さんのお母さんは、「燕雀が教えてもいいが、素性の知らない人には怖くて教えられない。もし台湾人でお互いに良く知っていて、習いたい人がいたら教えてもいいが、大勢だと教えにくいから二人でいい。それに、費用はいらない。唯一つ、あくまでも希望だけれども、将来手を組んで洋裁店を経営したいと思っている人が望ましい」と言っていたという。

燕雀さんは、恐らくご主人はもう帰って来れないだろうと諦め、残りの人生を如何に生きて行けばよいかを考えているらしい。

燕雀さんのお母さんが「しかし、洋裁店を経営することを強要はしない。お互いに気心が合い、興味がある人だったら」とも言っていたと聞き、デコは「芸は身を助ける」という一句を思い出した。

「習いたいなー。洋裁ができたら自分で好きなデザインができる。デザイナーになりたいな」

しかし、洋裁を習うにはミシンが必要…。ふと、母がシンガーのミシンを持っていたことを思い出した。

デコは、幼い時、手先の器用な母がミシンを踏んで作ってくれた童話の赤ずきんに似た赤いドレスに赤帽子を被った、背丈が自分の小脇に届く位のお人形がすっかり好きになって、寝る時も外に行く時も、持ち歩いて離さなかった。

そして、足で踏んだらチャッ、チャッと針が上下し二枚の布を一枚にしてしまうミシンが、デコの好奇心を駆り立て、不思議でならなくなり、自分でも踏んでみたいと思った。しかし、母はミシンを触らせてくれなかった。

触ってはいけないと言われる程に好奇心が強くなり、デコは夜中にそっと起き出して、窓から射す月の光を頼りにミシンを回した。ところが、手元が暗かったため、針が親指を突き通し、どうやって外せばいいのか分からない。恐怖と痛さと流れ出る血を見て、大声を上げて泣いて両親を驚かせたシーンを思い出した。それ以来、母はミシンに鍵を掛けてしまい、デコがミシンを触る機会がなくなった。

洋裁のレッスン

燕雀さんが、生徒は二人位がちょうどいいというので、デコの母が電話で友人の蔡さんの奥さんに話を伝えたところ、蔡さんの奥さんが喜んで家に飛んできた。

ご主人が製糖会社で現場監督をしている蔡さんの娘、阿柳はデコとは学校は違ったが同じ年齢だった。阿柳は卒業してから、毎日家で新聞を見ては、自分に適した職業がないか探しているという。

当時、台湾人は、就職したくても中々いい職に就くことができなかった。いい職のほとんどに難民政府のどら息子か親戚縁者が就き、文字が読めない者でも給料を貰っていた。

阿柳は、随分経ってから「私も習いましょう。でも、授業は私の家に来てください」と言ってきた。そこで、燕雀先生とデコが、阿柳の家に通うことになった。

燕雀先生は、洋裁の勉強は製図から始めるので、製図用のノート、60センチと30センチの竹製の物差し、スカートのカーブを描く時に使う曲尺、幅6センチ・長さ60センチの平板尺を揃えてくれた。

デコは古い空色の制服のスカートの生地を利用して製図に使う物差しをまとめて

入れることができる袋を手縫いで作った。それに物差し類を入れて、燕雀先生が決めた月、水、金曜日に阿柳の家に行ってレッスンを受ける事になった。

初日は、製図に入るための準備として採寸を教わった。衣服を作る前にメジャーを使って衣服を作って貰いたい相手の首回り、肩幅、胸回り、腹回り、腰回り、首から腹回りの線までの長さを測らなければ製図に入ることができない。先生の師範の後で、デコと阿柳は、お互いの寸法を測り、燕雀先生にお見せした。

二回目のレッスンで製図に入った。

洋裁の勉強はスムーズに進んだ。デコの母は、自分から進んでミシンの使い方を教えてくれた。ボビンに糸を巻きつけることから始める。それからボビンをケースに入れて決められた所にはめ込み、右側にある輪を回してボビンの糸を引き出し、布を抑えた金属の下に置き、固定させてから踏み板を踏んでいく。初心者には二枚の布を合わせて真っすぐに縫って行くのは決して簡単ではない。デコは洋裁で家計を助けている従姉妹から貰ってきた端切れを三つ折りにし、糊を付けアイロンをかけて固定し、真っすぐ縫えるようになるまで必死に練習した。

ようやく折り目から1ミリ以内を真っすぐに縫えた時の嬉しさは、喩《たと》えようがなかった。それからというもの、暇さえあれば一生懸命ミシンをかける練習を続けた。

CATのユニフォームを直す

そんなある日、CATのマークの付いたユニフォームを着た男性が、デコの家をノックして入って来た。彼は手にした作業着をデコに見せ「袖が長すぎてしょうがないので、短くしてくれないか?」と頼んできた。

CATというのは、アメリカの第2航空部隊のことで、作業着はアメリカ製だった。手足の長いアメリカ人の体に合わせて作ったものだから、体の小さい東洋人が身に付けると恰《あたか》も小学生が中学生のお兄ちゃんの学生服を着たように手が袖の中に入ってしまう。しかし、生地は中々いいものを使っていた。

突然のお客さんの来訪にデコはびっくりしたが、渡された作業服を見ると、確かに袖が長い。これでは仕事の邪魔になるだろう。長い袖を短くするのは自分にもできそうだと思った。手伝ってあげようと引き出しの中からメジャーを取り出し、男性に手を伸ばしてもらい、長さをノートに記して「夕方、ご帰宅なされる前に取りに来てください」と言ったら「えっ！　そんなに早く？」と男性はびっくりして、何か言いかけようとしたが、ちょうど彼を乗せる交通車が来たので「有難う。お願いします」と言って交通車に飛び乗って行った。

その日の午後六時近く、男性が交通車から降りて作業着を取りに来た。袖を通した彼は喜びの声を上げた。「わー、これはいい。有難う。ところで、おいくら払えばいいですか？」「えっ！」デコは何と答えていいのか分からず、「いいです」と言うと、男性は「そんなことはできない」と言って、財布から十元を取り出し机の上に置いて帰ろうとした。デコは慌てて「待ってください」と言って、母から六元を貰って渡そうとすると、「いらない」と言われたが、無理にお返しした。

袖を詰めただけで十元頂けるなんて、どうしても考えられない。デコは頂いた十元を炊事場で忙しくしている母に渡そうと考えた。

この作業着の袖の直しは、デコにとっては良い経験となったので、本来ならば、練習させて頂いてどうも有難うと言わなければならないのに、逆にお金を頂くとは、と思いながら十元札を母に渡したら、母は「あれ！　なんで六元が十元に増えたの？」と怪訝《けげん》そうな顔で十元札を見ている。母に作業着のことを話すと、流石《さすが》に嬉しそうな顔をしていた。デコはますます洋裁を学ぶことに興味を持った。

その二日後、朝早く表の戸を開けたデコは、自分の目を疑った。五～六人の作業員が手に手に作業着を持って、家の外で待っている。デコの店の前は、ＣＡＴで仕事をしている作業員の交通車の乗り場になっていたのだ。彼らは「お早うございます。作業着の袖を短くしてくれませんか？」と飛び込んで来た。

「えっ！」

「謝主任が、ここに行けば直してくれると教えてくれました」

デコはようやく事態を理解し、メジャーで一人一人を採寸し、用紙に名前を書かせて、それを作業着の胸ポケットに入れてもらい、「明日の午後、帰宅前に取りに来て下さい」と伝えた。彼らは喜んで何度も頭を下げて出て行った。

それ以来、毎日この仕事が絶えなくなった。

そのうちに、ＣＡＴで働く人たちはズボンまで持ってくるようになった。ズボンは一枚直すと八元になった。

しばらくの間、作業着の丈詰めが続き、頂いた工賃の半分を母に渡し、残り半分を自分の貯金箱に入れた。毎日が充実し満たされた日々であった。

痴漢を成敗したデコ

時の流れは跡を残さず、日夜二十四時間の光陰を消してゆく。洋裁のお勉強も一年という歳月が過ぎ、随分進んで、実習に入ることになった。

燕雀先生から「製図のレッスンは大体終わったので、来週の月曜日から実習に入りましょう。いの一番に、一番簡単な自分のスカートを作りましょう。本番の裁断に入るから製図用の幅広物差し、曲尺、20センチと60センチの竹製の物差しとメジャーを忘れずに持ってきてください」と言われた。

デコは、古い制服のスカートを利用して作った布袋に物差しなどを入れ、製図に使う帳面を風呂敷で包んでおいた。

その頃も作業着を直す仕事は続いており、特に作業ズボンの直しが増えていた。土曜、日曜を問わずミシンを踏み続けた結果、貯金箱は少しずつ重くなっていった。デコの兄弟姉妹の中で一番デコのことを可愛がってくれた父に、収入の一部を預けた。

いよいよ洋裁の初めての実習日となり、デコは期待に胸を膨らませて家を出た。

阿柳の家は、デコの家から西に真っすぐ台南神社に向かって歩き、左に折れて南に向かって進む。放送局の手前の通りで曲がり、東に向かって歩くのだが、その日はなんだか阿柳の家が遠く感じた。

「そうだ！」

一刻も早くスカートの製図がしたかったデコは、急に良い考えを思いついた。デコたちがインテリという綽名《あだな》で呼んでいた先生が、幾何学の時間に教えてくれた「三角形の二辺の和は他の一辺より長し」ということを。

放送局の手前の小川のような溝を渡って左に曲がって真っすぐ行けば、阿柳の家に早く行けると考え、左に曲がって歩いた。

ところが、その地区には、戦前にお役人が住んでいた日本式の屋敷が建ち並び、家と家の間の小道を縫って歩かなければならない。デコは、小道を行くと三角形の二辺の距離の2~3倍にもなることに気づき、しまったと思ったが、もう時間的に逆戻りができない。「急がば回れ」という言葉に気づくのが遅すぎたけれど、しょうがないと思い、忙しく歩を進めた。

一軒目の大きな住宅を通り過ぎ、二軒目の住宅との間の小道を通り過ぎた時、袖なしのアンダーシャツを着た痩せこけた男性が立っているのを見た。男性は余程目が悪いのか、叔父の病院に来るトラコーマの患者のように目が赤く、気味が悪かったが、急いでいるデコはその前を通り過ぎようとした。

と、その時である。その男性がデコに後ろから抱きついてきたのだ。「あっ!」びっくりしたデコは、風呂敷包みを投げ捨て飛び退き、手にしていた物差しの入った袋で剣道の正眼の構えをとった。そして渾身の力で男性の脳天目掛けて「えいっ！」と打ち込んだ。手ごたえがあった。「この馬鹿者！　もうひと打ち」と思って物差し袋を振り上げ、相手を睨んだ。

するると、なぜか男性は右手で左側の肩甲骨の辺りを押さえている。よく見ると押さえている右手の指の間から血が流れ出ている。男性はデコの振り上げた物差し袋を見て驚いたのか、クルリと背中を向けて逃げ出した。デコは「こんな社会の屑、懲らしめにもう一つ打ってやろう」と、物差し袋を片手に持って、追いかけて行った。

ところが、さっきまで確かに背中を見せて逃げていた男性が、急に見えなくなってしまった。四方を見回したが、人間の姿らしきものは見えない。

「死んだのかな？　もし死んでいたら明日の新聞に載るだろう。どうしよう？」

デコは急に背筋が冷たくなり、怖さが込み上げてきた。

大急ぎでもとの場所に戻り、風呂敷包みを拾い上げた途端、お腹の底から恐ろしさと悲しさが湧き出て、「わっ！」と大きな声で泣きだしてしまった。そして、阿柳の家まで一目散に駆けて行った。

阿柳の家に着くと、怖さのあまりデコは強く戸を叩いた。阿柳のお母さんの「はーい」の声を耳にしたその途端、急に力が抜けて玄関の戸を開ける力を失い、そのまま座り込みそうになった。

阿柳のお母さんから「あら、どうしたの？　顔が真っ青だよ。どこか悪いの？」と尋ねられたが、デコは返事ができず、涙がこぼれ落ちた。

阿柳も燕雀先生も飛んできて、皆が手を貸してくれて、デコはようやく部屋に入ったが、恐ろしさに言葉が出なかった。

阿柳のお母さんから「さっき、女の子が大きな声でわあわあ泣く声を聞いたが、それ、あなたが泣いていたの？」と聞かれ、デコは頭を縦に振った。

その日は、洋裁の勉強が中止となり、デコは阿柳の家を後にした。歩きながら、なんで男性から血が流れたのかが腑に落ちない。しかし、デコの一撃で社会の害虫を一匹除いたと思うと、誇らしい思いに満たされた。

ただ、それからは真っ昼間であろうとも、絶対に小道は怖くて通れなくなった。

日本時代を偲ぶ台湾人

　その頃、高中でクラスメートだった金鈴さんのお姉さんの旦那さんが、拉致されるとの噂が立った。続いてそのお義兄さんが逃亡し、警察や軍隊が必死に捕まえようとしているが、なかなか捕まらないというニュースが駆け巡った。台湾人は緊張し、何とか逃げ切ってほしいと神様に祈り願った。

　何週間か経った頃、金鈴さんのお義兄さんが、「今、自分は香港にいて、元気でいるから心配しないでくれ」と人伝いに家族に知らせてきた。これを聞いて、家族や金鈴さんは安堵《あんど》の胸を撫で下ろしたという。

　後で聞いた話では、金鈴さんのお義兄さんは、警察から怪しいと睨まれたことを、敏感に察知し、鄭成功の長男の鄭経が自分の母親のために台南に建てた家（後に開元寺と名付けられた）の付近のトマト畑の中にしばらくの間隠れ、機会を見て農夫に借りた衣服をまとって、近くの漁港から船で逃げたという。

彼が無事であると聞いた台湾人は、自分の家族でなくても互いに喜びあった。そして、台湾人と外来政府が連れて来た人殺しとの間の溝は一層深くなった。

台湾人は、「日本はよかった」「日本時代が懐かしい」などと互いに小声で言い合った。万が一、この言葉を外来政府の豚に聞かれてしまったら死刑である。

そして、大っぴらに言う時は「昔は厳しかったけど、暮らしやすかったな」とか「過去が懐かしい」といったように、「昔」や「過去」という表現を使い、決して「日本時代」とは言えなかった。

デコだけではなく、多くの台湾人が「過去」を思い出しては溜め息を漏らした。

李登輝元総統の台湾民主化と「日本精神」

1987年7月、三十八年間にも亘る戒厳令がとうとう解除された。

それを機に、それまではタブーとされてきた二二八事件の話を人前ですることもできるようになっていった。

デコたち台湾人にとって何より幸運だったのは、１９８８年に李登輝氏が総統になったことだった。

日本時代に京都帝国大学で学び、二十二歳までは日本人だった台湾人の李登輝氏が総統となり、台湾の民主化を進めて下さったお蔭で、台湾人は自由を手にすることができた。

そして、「日本時代はよかった」「日本時代が懐かしい」などと、誰に憚《はばか》ることなく話せるようになり、デコたち日本時代を偲ぶ者たちの胸のつかえも、少しずつ取り除かれていった。

李登輝元総統は、１９９５年、政府を代表し、国家元首として二二八事件の犠牲者家族及び全国民に対して謝罪をした。これは、戒厳令下ではあり得なかったことで、台湾社会が変わってきたことを意味する非常に大きな一歩であった。

中華民国の国父は孫文だが、デコは、台湾の真の国父は李登輝元総統だと思っている。

台湾には「日本精神（リップンチェンシン）」という誉め言葉がある。

日本精神とは、正直、誠実、律儀、勤勉、義理堅い、約束を絶対に守る、規律を守る、卑怯な振る舞いをしない、公を大切にするといったことで、デコは、この日本精神を父と日本人の先生方から学んだ。

日本精神とは、言い換えれば「武士道精神」「大和魂」であり、桜のように綺麗に咲いて、サッと潔く散っていく心だとデコは思っている。

台湾人が、四十数年にも及ぶ苦難に耐え、なんとか乗り切ることができたのは、五十年間の日本統治で台湾人に植え付けられた「日本精神」のお蔭だと言っても過言ではないだろう。

学生時代に剣道で心身を鍛え、学徒出陣をした李登輝元総統も「日本精神」を宿した方であった。李登輝元総統は、台湾を夜に安心して眠れる社会にしたいという思いで総統を務めていたと聞く。

デコが生きた日本時代こそがまさに「夜に安心して眠れる社会」であった。それは、平和そのものであり、人々が互いに信じ合う社会であった。

2019年7月、国立台湾博物館にて。

おわりに　―日本の皆さまへ―

日本の若い人たちはピンとこないと思いますが、私がこの目で見た昔の日本人は、律儀で、正直で、真面目で、優しく、本当に素晴らしかったのです。

戦後、日教組の左翼教育を受けた日本人は、日本が台湾を占領したとか、或いは、台湾を植民地にしたとか言うけれども、決してそうではないんです。

台湾は、清国から日本に譲渡され、日本になったのです。そして、私たち台湾人に言わせると、統治者としての日本はまさに模範生でした。模範生として、日本人は一心不乱に努力を重ねました。だから、今日の日本があり、台湾もあるのです。

戦前は世界中に数多くの植民地がありましたが、西欧列強に植民地にされた国の人々は、奴隷《どれい》のように残酷に扱われ、搾取《さくしゅ》され、酷い統治をされていました。

しかし、日本は、台湾の土地を愛し、台湾人と手を取り合って、国のために尽くさんと一生懸命努力しました。だから、「日本は台湾で悪いことをした」等と聞くと、胸の奥底から憤りが湧いてきます。それは大変な間違いだからです。

日本の若い人たちには、日本人であることに自信と誇りを持ち、胸を張って堂々と歩んで貫いたいです。そして、日本に住んで、日本のお米を食べ、日本の水を飲んでいる人たちに言いたい。「日本を愛せよ！」と。日本がなければ、己もないのだということを忘れないで欲しいです。

朝鮮や中国は、日本を悪く言っているけれども、朝鮮人や中国人の中にも良い人がいます。台湾は親日国ですが、台湾人の中にも悪い人はいます。これから、日本を背負って立つ若い人たちには、世界中の善意ある人たちと協力し手を取り合って、争い絶えない今のこの世界を、少しでも平和にしていってほしいと願っています。

デコたち日本時代を生きた台湾人の心には、日本が深く刻まれていますが、ここ数年、主人や兄など日本精神を宿した人たちが一人、又一人と亡くなっています。私も九十歳を過ぎ、もう残された時間は少ないでしょう。私が死んで天国に行くか地獄に行くかは分かりませんけど、もし、あの世で閻魔王《えんまおう》に会ったら、このように伝えたい。

「日本は台湾でこんなに良い事をしてくれました」

「日本人はとても素晴らしかった！」と。

― 日台両国が姉妹として手を取り合って ―

日本時代が如何に素晴らしかったか、そして、戦後の国民党統治時代が台湾人にとってどれ程過酷であったかということを多くの日本人、特に若い人たちに知って貰えたらという思いで筆を執りました。

台湾の母国であった日本は、戦後、台湾と同様に棘《いばら》の道を歩んできましたが、今では世界に認められる立派な素晴らしい大国になりました。台湾も、よちよち歩きから大きく育った子供のように一人歩きができるようになってきました。

かつての母国、日本よ！

ここまで導いて下さった日本に台湾人は心から感謝しています。

この瘴癘《しょうれい》の国土を見違える程見事に建設して下さった恩人の日本に、再度厚く深く御礼申し上げます。この御恩は台湾の子々孫々に伝わることでしょう。

お蔭様で今日、台湾は李登輝閣下に続き、蔡英文総統のような立派な女性が現れ、台湾人はやっとこのような自由を謳歌することができ、一人立ちできるようになりました。この御恩は長く歴史に残ることでしょう。

日本と台湾は、もはや母と子の繋がりではありません。

これから先は、日台両国が仲のいい姉妹として手を取り合って、他国の領土にされることなく、世界の平和のために互いに努力して参りましょう。

日本と台湾が、歩むべき道を共に進んで行けますようにと心より祈っています。

母国だった日本よ！　心からどうも有難う。

令和六年五月吉日

楊 素秋

楊　素秋（よう　そしゅう）
日本名：弘山喜美子　昭和７（１９３２）年、日本統治下の台湾・台南市生まれ。弘明電気商会を経営する父：弘山清一と母：敏恵のもと、二男三女の二番目（長女）として生まれる。台南師範学校附属国民小学校、長榮女学校（中学、高校）卒業。日本をこよなく愛した父の影響で、日本人と自覚して育つ。今も、思考する時も、寝言も日本語。日本と台湾の架け橋の釘１本になりたいと、貿易、通訳、日本語教師など、多方面で活躍。
著書の『日本人はとても素敵だった』（桜の花出版）は累計 14 刷のロングセラー。

過ぎ去りし素晴らしい日本

デコちゃんが生きた台湾日本時代の希望と国民党時代の絶望

2024 年 6 月 11 日　初版第 1 刷発行

著　者　楊 素秋
発行者　山口春嶽
発行所　桜の花出版株式会社
〒 194-0021　東京都町田市中町 1-12-16-401
電話 042-785-4442
発売元　株式会社星雲社（共同出版社・流通責任出版社）
〒 112-0005　東京都文京区水道 1-3-30
電話 03-3868-3275
印刷・製本　株式会社シナノ

ISBN 978-4-434-34099-4 C0095

装丁／ A.W.
カバーイラスト／イラスト AC